魔豆

異眼房東の日常生活 05 聖誕驚魂

香草——著

異眼房東の日常生活

【人物介紹】

劉天華

愛好研究風水命理的大學生。
與家裡鬧翻，當起神棍賺取生活費，時常在赤字邊緣求生存……
安然的損友兼鄰居。

安然

外表清秀，性格老實，
看起來很好欺負的模樣。
擅長家務與烹飪，
職業是會計。

林俊

容貌帥氣，衣著時髦，
性格開朗卻有少爺脾氣。
傲嬌屬性的大學生一枚。
與安然同住中。

林鋒

體格壯碩，眼神銳利，
左臂有大型刺青，武藝高強。
專門處理林家見不得光的事!?
目前與安然同住中。

白樺

深藏不露特案組組長，
聰明且身手不凡。
長相精緻，有著獨特魅力。
傳說中林鋒高手的勁敵!?

王欣宜

不知世途險惡的千金小姐，
性格單純如白紙。
因為受著萬千寵愛而變得驕恣。
與林俊有著糾葛的關係……

異眼房東の日常生活 05

目錄

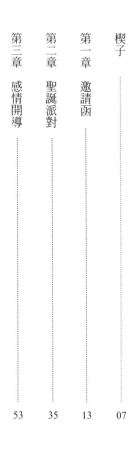

楔子

林家的老爺子林陽，只有林晟一個獨子，幸好林晟的妻子王月霞爭氣，結婚沒多久便懷上了林勇，接下來又生了林鋒、林俊兩名兒子，終於讓林家的第三代不至於太單薄。

正因爲林家全都是大老粗，所以特別渴望女兒，這也是他們將王家的王欣宜當作自家女兒來寵的理由。

正所謂物以稀爲貴。自家兒子生得太多，女兒便成了寶，即使是別人家的女兒也沒關係！

一般香港的普通家庭，大多只會生一至兩個孩子，有些甚至乾脆不要小孩。在香港，一家六口的數目已經能算多了，然而對於林家這種豪門世家來說，卻是人丁單薄得可憐。

不過林鋒他們卻不在意，誰教自家老爹與老爺子都是獨子呢？總不能因爲這種理由，叫老爺子多生幾個吧？

何況人少也有人少的好處，至少林家人在豪門社會中是出了名的團結。

可是林家兄弟對這樣的家族認知，卻在不久前改變了。

某天，父親林晟要求他們租住在一名叫安然的青年家中，除了調查這個男孩的背景外，林晟也特地交代他們要與安然好好相處，可以的話對他多加照顧。

當時他們甚至懷疑過，安然會不會是林晟流落在外的私生子。然而眞相卻比這個猜測更讓他們吃驚。林家兄弟驚訝得知，原來他們還有一個名叫林昕的姑姑，而這位姑姑與姑丈皆已去世，留下來的獨生子正是安然！

他們不知道林昕爲什麼會離開林家，林家又爲什麼要抹煞掉林昕存在的痕跡。就連安然，經過林鋒的旁敲側擊後，也確定他完全不清楚親生母親的身世。

林鋒也曾經就林昕的事情詢問過父親，可是林晟卻要求他別再調查下去，以免引起林陽的注意。言下之意，似乎是林昕與林陽產生了嫌隙，甚至因爲顧忌林陽，對於是否安排與安然相認，林晟始終抱持著猶豫的態度。

林晟還特別交代他們，有關安然的事情先瞞著林陽，別讓老爺子知道林昕遺子的存在。

三兄弟之中，林勇似乎知道一些當年內情。但他只告誡林鋒他們，這是上一輩的事，應耐心給予林晟考慮的時間。

原本林鋒對於林晟這種處理並沒有異議，覺得要認親也不急在一時。可是與安然跑了廣州一趟後，林鋒卻已無法繼續對安然的身世抱持沉默了。

林鋒從廣州回到香港後，第二天一早便回林家找林晟商議事情。

聽到林鋒說有很重要的事情要討論，林晟因此特地預留一整個早上的時間，同時也好奇林鋒心急地一早就趕回林家，到底是想要討論什麼？

林鋒這個二兒子向來獨立，雖然很重視親人，卻是個多做少說的行動派，鮮少像這次這麼鄭重其事地找父母訴說什麼。

看到林鋒出現時臉上凝重的神情，林晟更加覺得今天林鋒想要商議的事情並不簡單。

很快地，林晟便明白兒子神色如此凝重的原因。

只見林鋒坐下來後，一言不發地取出一份病歷放到林晟面前。

當林晟看到上頭的照片時，瞳孔猛然一縮，隨即有些急切地拿起這份病歷，仔細細地看了一遍。

良久，林晟放下手中林昱的病歷，閉上雙目的臉上滿是痛苦與疲憊：「說吧，你要問什麼？」

林鋒看著彷彿瞬間老了十歲的父親，心裡閃過一絲不忍。可是想到安然、再想到病歷中那個名叫林昱的青年，他目光毫不退讓地直視著林晟，問：「這個林昱是誰？」

林晟嘆了口氣：「阿鋒，別直接叫他的名字，叫『叔叔』吧！」

一個簡單的稱呼，無疑承認了林昱的身分！

看到兒子瞬間變得凌厲的視線，林晟嘴角勾起一抹苦澀的笑容，問：「這份病歷還有其他人看過嗎？」

林鋒道：「我拿到病歷後便立即來找你了，並沒有讓大哥與阿俊看過。不過……這病歷是安然發現的，只是他不知道我偷拿了。」

聽到林鋒的話，林晟沉默片刻，道：「你與安然約個時間，邀請他到家裡吃頓飯吧！也是時候向他說清楚這些事情了。」

異眼房東の日常生活

第一章・邀請函

在劉天華說漏嘴、林鋒匆匆忙忙趕去廣州後，王欣宜也從林俊口中得知安然廣州之行的內幕。懷著擔憂的心情，這段時間她一直關注著安然的消息。結果當安然與林鋒回家的第二天，王大小姐便殺上來了。

王欣宜這次是眞的被安然嚇到了。當時林俊得知安然去廣州的眞相後，被對方大膽的行動激怒，那時正好王欣宜發現有東西遺留在安然家裡，打電話過來時，察覺林俊的情緒不對勁，詢問之下，心裡著急、滿心想找人傾訴的林俊便劈里啪啦地將事情始末告訴王欣宜。

結果少女除了安然的見鬼能力外，其他像是安然爲了焦炭君命案而上廣州，並有可能因此對上犯罪組織等事，全都經由林俊知道了。

安然他們被趙天宇所騙、前往案發所在地的廢置工廠時，林俊與王欣宜同時動用了林、王兩家在大陸的勢力。換句話說，這次白樺他們能如此迅速將犯罪組織連根拔起，兩家的幫助功不可沒。

「欣宜？妳怎麼這麼早就過來了？」對於王欣宜的出現，安然表示驚訝。通常王欣宜只在放學後來家裡蹭飯，即使週末也很少一大清早便過來。

更何況安然家與欣宜的學校雖同在大埔，但彼此距離並不算近。雖然人家大小姐有專車接送，但在上學前來訪，時間還是有點趕吧？

王欣宜早已得知安然平安無事，不過她仍忍不住早早趕了過來，要親眼看到對方安然無恙才能夠放心。

王欣宜辛辛苦苦清晨咬牙起床，就只為了確定安然的安全，結果對方看見自己後的第一句話，卻彷彿帶有厭棄的意味，女孩理所當然地立即炸毛，甚至在生氣之餘，還有著難以言喻的委屈。

眞過分……我這麼做還不是因爲擔心你？你以爲我不想再多睡一會兒？

然而王欣宜的彆扭卻是比林俊有過之而無不及，她並不擅長把對他人的關心掛在嘴邊，反倒凶巴巴地說道：「本小姐喜歡來便來！難道我不可以早上過來嗎⁉」

面對王欣宜略帶野蠻的質問，若是剛認識她時，也許安然會忍不住出言反駁。

不過現在安然已摸清王欣宜驕縱的大小姐脾氣，知道這女孩吃軟不吃硬，要順著毛摸才行。安然笑著拍拍女孩的頭，用開玩笑的語氣說道：「怎麼會呢？王大小姐親臨，寒舍蓬蓽生輝；而且早上過來，我才有幸看見妳穿校服的漂亮模樣啊！」

安然後面的話不全然是爲了安撫王欣宜。平常王欣宜放學後會先回家，晚上來安然家蹭飯時已換上便服，這還是安然第一次看到她穿校服的樣子。

原本這類似水手服的校服款式，在大埔區已是出了名的漂亮；再加上王欣宜五官精緻甜美，穿著校服的模樣更顯青春亮麗。相較於看習慣的便服，穿校服的王欣宜頓時令安然感到眼前一亮。

沒有女生不喜歡別人的讚美，聽到安然的話，本處於炸毛狀態的王欣宜瞬間被安撫了，只小聲嬌嗔一句：「嘴甜舌滑！」

見安然輕鬆擺平了王欣宜，林俊笑嘻嘻地用手臂環著安然的肩膀，並把全身重量壓在對方身上，笑道：「安小然，你該不會看上那個瘋ㄚ頭了吧？」

面對林俊，安然可不會像對王欣宜這般客氣了。一手拍開對方壓住自己的手臂，安然討厭死這種充分顯示雙方身高差距的姿勢：「重死了！我只把欣宜當作妹妹，你可別亂說。讚美女性是種禮貌，你連這點都不知道嗎？正因爲你老是與欣宜對著幹，她才會那麼易怒；你又不是不知道她的個性，絕對是一點便炸的性格。」

林俊聳聳肩：「我可不懂什麼紳士風度。反正我再沒風度，還不是有一堆美女圍過來？女人嘛，大都是看臉的，當然看錢的也不少。」

無論是顏值還是財力，兩方面同樣不出色的安然，頓時有種膝蓋中箭的感覺。

林俊繼續補刀：「而且你還有心思來教訓我，倒不如快去把欣宜的小肉本拿回來吧！她先前因爲擔心你的安危所以沒問，不過我相信以她對小肉本執著的程度，應該很快就會想起來了。」

聽到林俊的調侃，安然這才想起先前誤交給唐銘的小肉本，現在還在劉天華手中……立即整個人都不好了！

雖然安然早就警告過劉天華不許看，不過以對方的個性，小肉本留在他手上這麼久，內容大概早被他看過數遍了！

安然把幽怨的視線投至王欣宜這個罪魁禍首身上，想到那本小肉本的露骨程度，他忍不住慨嘆，怎麼現在的女生都這麼開放，能面不改色地拿著那種東西到處跑呢？

她喜歡隨身攜帶那些東西就算了，爲什麼搞到最後，偏偏是他這個無辜的人被誤會成變態呀!?

感受到安然的視線，已安坐在餐桌前的王欣宜催促道：「看什麼？我肚子餓啦，快點把早餐拿出來吧！不然我自己動手了。」

「不不不！妳坐著就好，我去拿！」聽到王欣宜的話，安然的思緒立即從小肉本的糾結中脫離，火速地衝入廚房裡。

安然腦海中浮現曾發生過的災難場景：那一次王欣宜自告奮勇進廚房替他們準備東西，結果手一滑，引發恐怖的連鎖反應，幾乎毀掉半間廚房……

想到這裡，安然打了個冷顫，立即加快步伐，就怕王欣宜這個「廚房殺手」耐不住性子，又要過來幫倒忙了。

吃著豐富又美味的早餐，王欣宜覺得因早起而有些萎靡不振的精神瞬間煥發起來。果然一日之計在於晨，一份美味的早餐原來如此重要！

王欣宜開始考慮，每天早起到安然家蹭飯的可能性……

「對了！我有事情跟你們說。」

聽到王欣宜的話，安然拿著刀叉的手一頓。

來了嗎？她終於想起要拿回那本小肉本了嗎!?

「是這樣的，再過不久就是聖誕節，我們學校會舉辦一個聖誕派對，每個學生都可以邀請兩個家人來玩。因爲爸媽今年都在國外，要到新年才會回來，所以只好由你們補上啦！我已經把名額留給你們兩個，記得要來喔！」

說罷，王欣宜以正經八百的嚴肅表情，愼重地將邀請函交至安然他們手上。

林俊看著手中精緻的邀請函，嘖嘖稱奇：「竟然還做了邀請函，現在的高中生都這麼閒啊？」

王欣宜立即反嗆回去：「我們這叫『專業』！」

「嗯？不是說聖誕派對嗎，怎麼不是在聖誕節那天舉行？」林俊問。

王欣宜一臉鄙視地道：「拜託，要是眞的把日期定在聖誕節那天，誰會來啊？假期還要返回學校？別開玩笑了。而且賓客們也未必有空，以爲大家都像你們一樣，聖誕節還那麼清閒嗎？」

林俊「哼」了聲，揚起下巴的模樣活像頭驕傲的孔雀：「誰說我很清閒？只要我願意，聖誕節多的是美人來陪伴！」

安然別過臉，覺得膝蓋又中了一箭……好吧，他就是聖誕節沒有美人相約、總是孤單冷清在家裡度過的那一個……

安然有點不安地問道：「妳把名額留給我這樣好嗎？雖然我很感謝妳的邀請，不過……」

安然原本想說，不過他們之間又沒有什麼關係，但想到這樣說好像不恰當，便把後面的話嚥回去。

林俊也罷，他終究是王欣宜的表哥，但安然這個與她相識不到一年的人佔掉一個名額，總覺得有點微妙。

雖然安然並未把話說完，但王欣宜仍聽出他的意思，不由得瞇起雙目，惡狠狠地反問：「怎麼，我都親自邀請你了，你還不賞臉嗎？」

面對王欣宜的質問，安然還能說什麼呢？只得連忙搖搖頭，屈服於王大小姐的淫威下。

看著二人的互動，林俊突然察覺到什麼似地皺了皺眉，然而這神情只是一閃而逝，隨即便見他揚了揚手中的邀請函，笑道：「欣宜妳真是不夠意思！既然有兩個名額，怎麼會把一個名額給安然，而不邀請大哥或二哥呢？虧他們這麼疼妳。」

王欣宜反駁：「勇表哥工作那麼忙，我們這種小孩子的扮家家酒也不好意思打擾他。至於鋒表哥……你不覺得他與聖誕派對這種東西格格不入嗎？」

林俊與安然聞言，不由自主地幻想著林鋒一臉燦爛的笑容，穿著聖誕老人的服裝笑道：「Merry Christmas！」

二人不約而同地打了個冷顫。

安然甚至想起曾聽過的一個黑暗童話，聖誕老人的紅衣服都是用鮮血染成的！

隨著安然的聯想，腦海中的聖誕老人林鋒，開始拿一支木棒敲打西瓜，那「砰」地一聲四散的瓜肉，簡直像被打爆的人頭……

安然甩了甩頭，趕走腦海中詭異的想像。

好吧，他們不得不承認王欣宜說得有道理。要是林鋒眞的參加聖誕派對，校方說不定還以爲是黑社會來找麻煩呢！

見安然與林俊一副無話可說的模樣，王欣宜揚起下巴「哼」了兩聲，隨即問道：「趁著今天鋒表哥不在，你們什麼時候把書還給我？還有先前答應過的那封休

Merry Christmas!

書！」

林俊挑了挑眉：「休書妳想也別想。」

王欣宜撇撇嘴，知道要林俊寫休書一事是任重而道遠，而且她不過是逗弄林俊，看他著急的樣子覺得好玩而已，因此也不在休書一事上執著下去。

反倒是那本小肉本已被他們扣留這麼久，王欣宜急著想還給學姊，因此這次她鐵了心要把書拿回去，便將詢問的視線投到安然身上。

一觸及王欣宜的眼神，安然邊感慨著該來的始終跑不掉，邊解釋：「先前我不是不小心把東西給了朋友嗎？那個朋友應該已經把那本漫畫交給了天華，可是這段時間我都在忙廣州的事情，所以……」

王欣宜聞言立即便要行動：「既然這樣還等什麼？那個四眼仔不是住在你樓下嗎，去找他把書要回來啊！」

就在王欣宜拉著安然急著想取回小肉本之際，門鈴卻響了。

「咦？是二哥回來了嗎？」

「鋒哥又不像你，經常出門不帶鑰匙。」安然看了說話的林俊一眼，那鄙視的眼神看得林俊牙癢癢。

結果打開大門後，站在門外的人正是剛剛他們談論的劉天華，眞是說曹操，曹操便到。

「天華，有什麼事嗎？」

聽到安然的詢問，劉天華笑嘻嘻地拍了拍安然的肩膀：「沒什麼，只是過來看看你是否還活著。聽說這次的廣州之旅很驚險呢，還有人追殺你什麼的……有空的話記得和我談談當時的過程啊！」

林俊與王欣宜雖然大概知道安然在廣州的經歷，但聽到劉天華說得這麼驚險，皆神色不善地瞪向安然，無聲責怪他這麼輕率地置己身於險地。安然見狀，只得對二人討好一笑，心裡抱怨著劉天華眞是哪壺不開提哪壺，同時也慶幸林鋒一早就出門了，不然又會多一個人朝他釋出殺氣。

雖然安然知道劉天華一大早過來看他，其實是出於關心，不過聽著對方那吊兒郎當的調侃，再加上林俊與王欣宜投射過來的不認同視線後，他實在一點都感動不起來啊！

你確定你過來是想要關心我，而不是來扯我後腿的嗎!?

幸好，有其他東西很快轉移了王林二人的注意力。只見劉天華從背包裡掏出一個安然很眼熟的環保袋：「對了，這東西還給你。你和唐銘表現得那麼古怪，這到底是什麼啊？」

「你沒有偷看？」安然好奇了。雖然他曾告誡對方不要偷看，但以劉天華的個性，安然心裡早已篤定對方一定不會乖乖聽話。

劉天華聞言，立即發洩自己的不滿：「你以為我不想看嗎？實際上我是沒有辦法偷看啊！唐銘那個小氣鬼！」

急切要把小肉本還給學姊的王欣宜，看到安然逕自與劉天華談論起來，便直接拿走環保袋，把放在裡面的東西取出來。

然而手才剛探入環保袋內，王欣宜便發現手上的觸感並不是她預期的書籍：

「這是什麼？」

安然與林俊好奇望去，只見少女從環保袋裡取出來的是一個……麻糬禮盒!?

安然一眼便認出這個麻糬禮盒，正是自己送給唐銘的那一盒；禮盒上還貼著一張紙，上面寫了一個「封」字。

難道唐銘弄錯了，把那盒麻糬禮盒誤以爲是小肉本退還回來？

不過那個「封」字又是什麼鬼玩意!?

然而王欣宜接下來的動作，立即推翻這只是單純麻糬禮盒的推測。只見少女拿著禮盒搖了搖，裡面傳出絕非一般麻糬禮盒應有的碰撞聲。

王欣宜邊搖邊聽著盒內的動靜，道：「那本漫畫是放在盒子裡嗎，爲什麼要多此一舉？直接放在環保袋裡就好了嘛……」

說罷，王欣宜便打算打開禮盒，然而不知爲什麼，即使她再怎麼用力，也無法打開這個看起來很普通的紙盒。

「咦，怎麼會這樣？」

劉天華見狀解釋：「這個盒子被唐銘施了法，除了安然，其他人都無法打開。不然你們以爲我爲什麼到現在都還沒打開來看？」

王欣宜訝異地盯著手中平凡無奇的禮盒：「你說的唐銘是做什麼的？這個世上竟然有那麼神奇的事？」

王欣宜邊詢問，邊不死心地繼續努力著。偏偏這個盒子像被人用強力膠封上般，怎樣用力也無法打開。

「唐銘是我的朋友，他可是個世外高人吶！另外我說妳也別白費力氣了，這盒子非安然打不開的啦！」劉天華抱著雙臂旁觀，一臉看好戲的神情。

王欣宜還想再詢問什麼，安然卻已出言把劉天華「請」出去：「非常感謝你把東西送回來，現在東西已安全送到我手上，那就不再留你了，請回吧！」

被安然與林俊一左一右合力丟出大門，劉天華氣得哇哇大叫：「安然你太過分了，你這叫『過河拆橋』知不知道！」

安然關上大門，把劉天華大呼小叫的叫聲擋在門外。

安然可是下定決心，絕不讓劉天華知道盒子裡放的是什麼。不然以那二百五的個性，要是讓他知道自己不小心把小肉本連同禮盒一起交給唐銘，絕對會被他取笑一輩子。

爲了下半生的安寧，安然堅決把事情隱瞞到底！

想到小肉本曝光所帶來的惡劣影響，安然不禁心想唐銘眞不愧是高人，竟然這麼徹底，將禮盒封印（？）住了。

不過看到那張用毛筆寫著一個大大的「封」字、怎麼看都像封條的紙，安然彷彿可以看到唐銘從環保袋抽出小肉本時，表情到底有多震撼，以及青年把這本小說視作污穢物、封印它後眼不見爲淨時的模樣。

想到這裡，安然實在想找個洞鑽進去……

安然趕走劉天華後，這才接過王欣宜手中的盒子。還未待他有任何動作，貼在盒面上的「封」字紙張便神奇地自動脫落；先前王欣宜費盡九牛二虎之力都無法打開的禮盒，在紙張脫落後輕鬆地被打開了。

看著這本讓唐銘誤以爲自己是變態的罪魁禍首，安然實在不想這麼輕易地把小肉本還給王欣宜。他因爲這東西，名譽嚴重受損的說……

也不知道上天是否聽見安然內心的吶喊，在青年正要把小肉本還給王欣宜之際，妙妙突然從旁殺出，一躍一咬便把小肉本奪走，隨即咬著小肉本開始瘋狂甩了起來。

「妙妙！我要殺了妳！」原本還想追問唐銘身分的王欣宜此刻什麼也顧不得

了，尖叫了聲，便衝上前想從狗嘴中奪回小肉本；偏偏妙妙反應很快，咬著小肉本繞著客廳狂奔起來。王欣宜與妙妙前者腿長、後者腿多，一人一狗妳追我逐，好不熱鬧。

家裡正雞飛狗跳時，安然的手機響了一聲，是劉天華傳了一則簡訊過來。

小氣鬼，唐銘貼在禮盒上面的那張紙你不要丟掉，隨身帶著吧！也許將來會有用處。

雖然不明就裡，但既然劉天華特地傳來簡訊，安然自然不會視而不見。於是，他摺好本來打算丟掉的紙張，放進了隨身攜帶的錢包裡。

最後王欣宜奪回小肉本時，漫畫的紙張不單已變縐，封面的總裁臉上還被妙妙的小犬牙打了兩個明顯的小洞，俊美的面容就這樣被一隻小狗毀了……

雖然取回小肉本，但東西卻瞬間被妙妙破壞掉，王欣宜此刻的心情可謂從天堂直接跌入地獄。

只是她再生氣，也不至於與一隻小狗過不去，只得拿著被妙妙打了洞的小肉本怒氣沖沖地離開了。

大門被關上時的強力聲響，充分表現出王欣宜的憤怒。安然嘆口氣，看了看運動過後仍吐著舌頭喘息的妙妙，只見這罪魁禍首一副懵懂的模樣，安然心裡暗暗同情起王欣宜。林俊反倒幸災樂禍地哈哈大笑，還稱讚妙妙做得好。

安然看著林俊那副傻爸爸的模樣，搖搖頭，見時間差不多，便準備出門上班。正在逗著妙妙玩的林俊，喚住正要離開的安然：「安小然。」

「怎麼了？」

「你與瘋丫頭的關係什麼時候變得那麼好？她其實不容易與別人混熟，而且性格又高傲彆扭。你和她認識也不算久，這麼快就與她變得親近，讓她如此爲你擔心，該不會……你與瘋丫頭有一腿吧？」今早王欣宜的表現，顯然是把安然放在心上記掛著，這實在讓林俊不得不多想。

安然正在穿鞋的動作一頓：「你在胡說什麼？我只把欣宜當妹妹，而且你看她對我的態度，怎樣看也不像是喜歡我吧？」

林俊回憶二人相處時的模樣，確實如安然所說。雖然林俊仍舊覺得王欣宜如此重視安然實在有些奇怪，但如果王欣宜眞的對安然有別的意思，那麼兩人的相處應該不會這麼自然才對。

也許真的是自己多想了吧？

如此想著，林俊也就不再執著這個問題，揮了揮手道：「沒事了，你走吧！」

那副模樣，簡直就像皇上俯視臣子，只差沒說句「退下」。

安然抽了抽嘴角，剛剛的代入感太深，他差點想接上一句：「微臣告退。」

果然是受劉天華影響，看太多宮鬥劇，連他也變得腦殘了嗎!?

異眼房東の日常生活

第二章・聖誕派對

在這大半年的時間裡，安然每天上班前必做的第一件事，便是察看監視器螢幕，今天自然也不例外。

果然已經不在了啊……

上下班時經過監視器螢幕，安然總會從螢幕裡觀察焦炭君的生態，不知不覺中已變成習慣。現在焦炭君不見，安然不禁惘然若失。

此時，清潔工人拿著水桶與抹布等清潔工具，一臉笑意地與管理員閒聊起來：「哎，最近那團污跡終於不再出現，現在工作輕鬆多啦！」

管理員笑道：「其實出現那團洗不掉的奇怪污跡也不錯啊！反正因爲它的關係，公司不是多給你們清潔部額外的補貼嗎，這也不失爲多賺些錢的途徑。」

清潔工人聞言，抱怨道：「你們不用親自面對那團污跡，當然說得輕鬆了。你想想看，明明不久前才把那面牆壁洗得光潔發亮，結果不到幾分鐘後，同一個地方又浮現出一模一樣的人形痕跡，看得讓人心裡發毛。要不因爲是工作，給再多錢我也不願意去清那團污跡啊！」

管理員想了想，也不禁認同清潔工人的話：「的確……那痕跡的確讓人看得心裡不舒服……」

安然聽著二人的閒聊，再看看映照在監視器螢幕裡，已變得什麼也沒有的電梯內部，心裡祈禱焦炭君的鬼魂之所以不見，是因爲祂已經去了應該前往的地方。成佛也好、重入輪迴也罷，無論如何，總比滯留在人間得好。

安然在不引他人注目之下，雙手合十地朝電梯拜了拜。

下班後，安然依舊習慣性往監視器螢幕看去，果然還是不見那個熟悉的身影。至此，安然確定焦炭君眞的已經不在了。

在爲對方感到欣喜的同時，安然忍不住湧起一股不捨。

雖然他曾因焦炭君的出現而受驚嚇，好一段時間不願意上班；後來因焦炭君而作的那些夢，也讓他深受困擾，導致那段期間精神萎靡不振。

之後，安然爲了調查焦炭君的死因，被趙天宇騙到工廠裡，連小命都差點不保。

不過說到底，其實焦炭君並沒有故意對安然造成任何傷害，甚至在安然面對紅衣女童的惡靈時，還曾經出手救他一命。

在那廢置的工廠中，也是因爲焦炭君的指引，安然才能找到他最初看見的鬼魂——長得與安然非常相似、名叫林昱的少年——的病歷。

說到林昱這個人，雖然他的病歷被安然不小心弄丟了，不過工廠前身的療養院並非什麼隱密的機構，顧東明很快便把療養院的相關資料傳給安然。

電子郵件中，除了有療養院的相關文字記載，還附帶幾張舊相片。這讓安然不禁小小感動一把，顧東明這次幫忙找的這些資料，看得出來的確是用心了。

根據資料記載，這間療養院其實是打著療養的幌子，實際上卻是一間高級的精神病院。它接收的病人並不多，但每個病人都非富即貴；之所以打著療養院的名號，主要是爲了顧全病患家族的名聲。

病患的親屬把有精神問題的親人關進去「療養」，既能擺脫一個大麻煩，又不會影響到家族的名聲。畢竟在那個年代，精神病患者是瘋子的代名詞，家裡出了一個瘋子，這聽起來多刺耳；而富貴人家大多比普通人更注重名聲，對待親人則顯得更爲淡漠。

療養院的存在終究是很久以前的事情了，而且直至結業爲止都沒有發生引起關注的特殊事件，因此顧東明能找到的資料十分有限。至於那個名叫林昱的青年，顧東明更是完全找不到任何相關線索。

當年的病歷全是沒有數位化的紙本文件，因此那份病歷若不在工廠裡，就真的沒有任何資料了。原本安然還期望警方會撿到不知被他遺落在工廠何處的病歷，可惜那份病歷彷彿只是安然自己的幻覺般，從此消失無蹤。

另外，顧東明還透露，那個犯罪組織的大頭目洪爺，在這次警方的圍剿下，竟然還是逃走了。

根據當時的形容，原本他們已鎖定並包圍住洪爺所在之處，並向屋內投入催淚彈，但當他們破門進屋後，卻已完全失去洪爺的行蹤。

警方仔細搜查屋內，確定裡面並沒有通往外面的密道；而離奇的是，不光是突擊隊員，就連包圍在外的警察也完全不見有任何人從屋裡逃出。彷彿洪爺打從一開始根本不在屋裡，整件事情離奇得很。

其實洪爺的事顧東明並不想主動提起，但因爲安然總是招惹各種稀奇古怪的麻煩事，因此他猶豫片刻之後，還是決定告訴對方此事，反正這也算不上什麼機密內容。

雖然洪爺現在已經自身難保，成了人人喊打的過街老鼠，可是他若要報復安然這個小市民，實在不是什麼困難的事。

說到這裡，顧東明忍不住再次抱怨，就是因爲安然他們不聽話、輕易被趙天宇騙得往工廠裡跑，警方那邊才不得不提前計畫，讓對方有機可乘。

安然聽到顧東明一番連唬帶嚇的警告後，心驚膽戰了好幾天。洪爺可是黑道老大耶，一根小指頭就可以弄死自己了！

不過擔心一陣子後，安然卻覺得自己杞人憂天。先不說人家洪爺知不知道自己這個小人物的存在，即使知道，對方現在也是自身難保，眞的會爲了報復自己而冒著被逮捕的風險，來到香港找人嗎？

想到這裡，安然決定不再庸人自擾，把洪爺的事情放在一旁。

然而對於林昱這個人，安然卻不得不在意。他總有種感覺，自己之所以突然擁有見鬼的能力，便是林昱的緣故；而現在，安然彷彿已離眞相只有一步之遙，可中間總隔了一層紗般，朦朦朧朧地看不清楚。

只要能夠弄清楚林昱的身分，以及他的鬼魂爲什麼會出現在家裡，安然有預感，突然擁有陰陽眼的疑問將會因此找到答案。

因爲腦中一直想著林昱與療養院的事情，安然回到家，過了一會兒才發現家裡的氣氛有點不對勁。

拍了拍衝過來向自己撒嬌的妙妙，安然看著坐在沙發上看電視的林家兄弟，道：「我回來了。」

平常安然回家時，林鋒都是在頂樓鍛鍊，直至快要吃飯時才洗個戰鬥澡後下來，可是今天卻與林俊一起坐在沙發上，心神還明顯地沒有放在電視機上；兩人的神色有點凝重，難道兄弟倆在他回來前談論著什麼嗎？

如此想著的安然，並沒有不識趣地上前八卦一番。畢竟這是人家兄弟倆的事，自己貿然上前詢問算什麼？

雖然三人現在同住一個屋簷下，彼此的關係也不錯，但安然覺得正因爲如此親近，反而更該給予對方私人空間，並尊重對方隱私，與自己無關的事情便不要多問。

這一點，身為房東的安然一向拿捏得很好，也正因如此，他與林家兄弟在最初同居的磨合期時，幾乎沒有出現過什麼爭執。

然而安然並不知道，林家兄弟在他進門前討論的事，正是與他有關。今天林鋒回來後，便將與父親詳談的內容，以及邀約安然到林家一事告訴了林俊。

而今晚他們的任務，便是隨便找個理由，邀請安然到林家作客。

為了瞞住林陽，林晟還需要時間做一些安排，因此這次見面的時間不能太早，正巧今早王欣宜提及聖誕派對的事，林俊覺得這是個不錯的邀約理由。

當林鋒在飯後提出平安夜須回家與家人團聚，並邀請安然一同到林家過聖誕時，安然一開始是想要拒絕的。畢竟人家一家團聚，他這個外人去打擾幹嘛呢？

不過後來林鋒提及林晟想要見見他、順道答謝他對林家兄弟的照顧時，安然只得盛情難卻地應允下來。

安然很快便恢復原來的生活，過了一段較爲平靜的日子。雖然偶爾還是會看見一些有的沒的，有時還會被嚇一大跳，但至少這段時間所接觸的鬼魂，沒有對他的生活造成太大的困擾與影響。

在這種平和氣氛下，王欣宜學校舉行聖誕派對的日子來臨了。

聖誕節雖是一個宗教節日，可是安然對其中的宗教氣氛並沒有太多感受，反而覺得這節日透著濃濃的商業氣息。聖誕節最讓安然印象深刻的，大概便是讓香港的學生與上班族有了難得的長假吧？

直到擁有見鬼能力以後，安然才覺得聖誕節什麼的眞是太棒了！

這種沒有任何陰霾氣氛、充滿喜慶的節日眞是令人感動！

實在不怪安然有這種誇張的感想，畢竟在不久前，他才接連度過重陽與萬聖節啊……想到那兩天冒出來的東西，眞是不堪回首……

安然雖然因此受驚，倒也沒有被奇怪的東西糾纏，不過仍舊不是個好回憶。

因此將要迎來聖誕節時，安然一直表現出顯而易見的好心情。他覺得在這個耶穌降生的偉大日子，妖魔鬼怪什麼的應該會變得比較少……吧？

可惜接下來即將發生的事，卻打破安然這個「聖誕節不會遇鬼」的幻想。

而現在，對未來仍一無所知的安然，正懷著輕鬆的心情，與林俊邊聊天邊朝王欣宜就讀的學校走去。

當初為了糾纏林俊，王欣宜搬入居住的地方，以及她轉學的學校都位於大埔區。雖然她掛著尋夫的名義留下來，不過安然卻覺得那傢伙每天殺來他家裡的主要目的，其實只是想蹭飯而已。

安然曾聽林家兄弟說起王家的狀況。王欣宜雖然是王家的獨生女，可謂受盡萬千寵愛，但王家家大業大，身為家主的父親自然十分忙碌，而女強人的王夫人也不是個專注於家庭的全職主婦。

王家夫婦經常忙得腳不沾地、周遊列國地到處飛，王欣宜一年之中實在見不到父母幾次；再加上王家是印尼華僑，在印尼擁有眾多渡假別墅，老一輩的退休後都回到印尼享福。結果變成只剩王欣宜待在冷冷清清的王家大宅，孤伶伶地等待父母回來。

小時候因爲兩家有著親戚關係，寂寞的王欣宜經常到林家串門子；現在林家兄弟住進安然家裡，王欣宜也就跟著常往安然家裡跑了。

王家夫婦一向給予女兒很大的自由，對於王欣宜搬家、甚至轉校的要求，都沒有異議。反正在這對夫婦心目中，女兒從小便是林家帶大的，有林家兄弟在，她怎樣也不會吃虧。何況對於無法陪伴在女兒身邊，他們也感到歉意，因此只要王欣宜高興，通常他們都不會拒絕她的要求。

其實安然也不是真的介意，畢竟只是多加一雙筷子，何況他對自己的廚藝很有自信。不過憑王家的財力，想要聘請出色的主廚並非難事，現在王欣宜如此執著地來安然家蹭飯，實際上並非因爲安然煮的飯菜真如此美味到讓她難以忘懷，而是眷戀那種「家」的感覺吧？

每次只要想到王欣宜放學回家後，都是孤伶伶地獨自用餐，安然便覺得心疼起來。結果不知不覺間，王欣宜便成了安然家中的常客。

安然覺得人與人之間的緣分還眞奇妙，記得初遇王欣宜的時候，少女還把他這個「情敵」視爲眼中釘、骨中刺；而現在，安然不單與她相處融洽，還有幸受邀參加派對，這也算是獲得王欣宜承認的證明吧？

想到當初收到邀請函時的心情，還眞有點受寵若驚。

□

拿著邀請函，安然與林俊準時來到王欣宜就讀的中學。

這時正値黃昏，西方橙黃的夕陽光芒，在人們身下投射出長長的影子。

雖然太陽還未完全落下，可是隨著夕陽緩緩西下，氣溫便逐漸下降，變得更加寒冷。穿著羽絨外套的安然，看到女學生們身穿校服，嘻嘻哈哈地談笑路過的模樣，突然想起一句最近網路上流行的話……

如果世界突然進入冰河時期，能活下來的一定是女高中生！

安然一直覺得，明明天氣冷得要死，這些女生卻還能堅持只穿毛絨外套而不穿厚重的毛呢外套，還配上刻意在腰部摺起並改短、能露出白花花大腿的校裙。那些看起來瘦瘦弱弱的女生，其實是有著驚人抗寒能力的特別族群啊！

但是到了夏天，女生們又會變成無論天氣有多熱，也堅持不把毛絨背心脫下的詭異狀態……

所以，如果溫室效應加劇，能活下來的也是女高中生嗎？

女高中生……好剽悍的生物！

就在安然盯著那些高中生發呆之際，一旁的林俊不懷好意地笑道：「安然，你別這麼飢渴好嗎？一直盯著那些女學生看，我的面子都被你丟光了！」

聽到林俊的話，安然這才驚覺剛剛自己的目光確實有點無禮。他連忙把視線從那些女學生身上移開，假裝若無其事地四處張望，結果發現有不少女生都羞答答地盯著林俊。

如果我剛剛那種目光叫「飢渴」，那她們這種是什麼!?

女學生們那種彷彿餓狼盯著肥肉的目光，即使是站在林俊身邊的安然，也有股毛骨悚然之感。偏偏被眾女鎖定目標的林俊卻像沒事人般，一副遊刃有餘的模樣。

原本林俊對於女生的視線能夠淡定應付也沒什麼，他還是個傲性子，面對陌生人的注視時，那副高貴冷傲的大少爺模樣說有多高傲便有多高傲。偏偏女生們就吃這一套，林俊愈表現得像頭驕傲的孔雀，那些女生便愈是趨之若鶩，有些還甚至一臉花痴地拿出手機偷拍。

安然見狀，忍不住嘀咕：「怎麼女生都愛這一套，像我這種居家男難道就沒市場了嗎？」

聽到安然的嘀咕，林俊勾起嘴角揶揄：「不是居家男沒市場，只是女生都比較喜歡看長相。」

安然頓時覺得被一股悶氣堵住，卻見林俊已先行一步走到派對接待處。

負責接待的幾名女學生看到林俊直走過來，全都雙目發光地衝上前「搶客」，結果一名身材高䠷的短髮女生動作最快，成功搶得接待帥哥的任務。

相較於被女生殷勤領著參觀學校的林俊，與他一起的安然就沒有受到這麼熱情的招待了。接待安然的學生核對邀請函後，便指示安然可以到看板確認今天的節目，隨即便忙著招待其他客人了。

雖然對方的態度稱不上失禮，可是與面對林俊的熱情一比，卻是一個天上、一個地下。

安然聳聳肩也不在意，逕自走到看板前，看著上頭的行程表。這場聖誕派對大致分爲兩個主要項目，分別是攤位遊戲與抽獎。

五點至八點是攤位遊戲時間，除了遊戲外，學校還設有一些小吃與義賣的小攤子，並標明今天所得的收益會全數捐給慈善機構。

八點過後便是抽獎時間，禮物只有一份，不過安然覺得滿有意思的。

學校在室內操場設置了一個巨大的玻璃箱，自十二月開始，學校便會時不時丟一些糖果進去；每個星期五早上，同學們也可以自發性往裡面丟糖果。直至今天開獎之前，大家可以猜測糖果的數量，然後寫下數目並投入玻璃箱內。

到了抽獎時刻，學校會在所有人面前清點糖果的數量，猜中的人便能夠將這些糖果全部帶回家。

安然覺得這個活動辦得不錯，畢竟獎品太貴重總是不妥，但太便宜又不夠吸睛；以這樣的方式進行，不但活動噱頭有了，學生們也因爲有趣而積極參與，一舉數得。

至少安然相信，玻璃箱放在校內的這段期間，一定沒少受學生的注意。

雖然派對已經開始，但現在在場人數還不算很多。陸續前來的賓客大多是學生家長，像安然與林俊這種年紀的反而比較少。

雖然攤位遊戲、四周裝飾算不上很精緻，但一想到都是孩子們心血的結晶，一眾賓客也不吝讚美，即使遇上一些小問題也會抱持寬容的態度；眾人逛著攤位，又或者圍在一起拍照留念，四周一片歡樂和諧的氣氛。安然環視四周，發現林俊已被一眾女學生包圍，再看看旁邊男生們充滿怨念的眼神，安然不由得打了個冷顫，立即停下原本想走向林俊的腳步，決定還是不去蹚這渾水。

如果繼續走過去，身爲林俊的朋友，安然不是被男生遷怒的視線刺成刺蝟，便是因爲阻礙了眾女獻殷勤而被她們在心裡罵死。因此安然還是決定識趣點，不走上前去惹人怨了。

獨自在各遊戲攤位間閒逛，安然想起強調他們一定要赴約的王欣宜，決定向對方報告一下他們已經到達，免得王大小姐以爲他們失約。

由於先前忘記詢問王欣宜是否有負責的工作，安然擔心直接打電話過去會打擾她，因此便用手機傳了簡訊過去。

然而傳出沒多久，王欣宜幾乎是立即回電：「在哪？我過去找你們。」

安然想了想，便選了一個比較明確的目標作爲集合點：「在糖果箱等吧！」

異眼房東の日常生活

第三章・感情開導

王欣宜來得很快，當安然到達糖果箱不久，她也接著到了。

少女本就長得標緻，漂亮得像個洋娃娃，再加上今天爲了派對細心打扮，更是像發光體般美麗得奪人目光。

安然看看四周的男生，他們的目光皆隨著王欣宜的腳步而移動著，當看見對方走到安然身邊時，那些男生的眼神簡直赤裸裸地表示：好白菜都讓豬給拱了！

安然見狀忍不住在心裡吐槽：你們眼前這個看起來甜美可人的女生，是個會爲了小肉本而與林鋒林大高手嗆聲的剽悍存在啊！

「怎麼只有你？俊表哥呢？」

大概是怕安然他們久等，王欣宜幾乎是小跑步地過來。女孩臉上不施脂粉，雙頰因剛剛的奔跑而顯得紅通通，膚質看起來比很多化了妝的人還要好，充分表現出「天生麗質」四個字。

看著仰著頭、雙目閃閃發亮看向自己的王欣宜，安然突然覺得手有點癢，好想捏一下那光滑、紅潤的臉頰。不過想到這舉動實在太親密，而且還有登徒子之嫌，安然只得打消這個念頭。

將視線從王欣宜身上移開，安然指了指遠處：「他在那裡。我看阿俊那麼忙，就不過去打擾他了，先傳簡訊通知妳過來找我們。」

「竟然勾引這麼多女人，眞是太過分了！安小三你這個野男人一點用處都沒有，不會去破壞一下他們嗎？」王欣宜抱怨道。

「妳明知我與阿俊不是那種關係，就別再拿我來開玩笑了，況且妳又不是眞的喜歡他。」安然一臉無奈。本來並不想干涉兩人的私事，但王欣宜那野男人啊、安小三什麼的綽號實在讓他很不爽。要是她說著說著習慣了，安然實在欲哭無淚啊。

王欣宜雖然個性直了點，但並不蠢。也許一開始被她的腐女學姊教歪了，才會對安然與林俊的關係有著如此驚人的揣測；可是相處下來後，安然相信王欣宜應該早已看出他與林俊之間根本沒有什麼。

然而王欣宜卻總將這事掛在嘴邊，安然聽著聽著，開始感到其中的不尋常。王欣宜彷彿不斷說服著自己，因爲有安然這個「野男人」，因此原本應該很喜歡她的林俊變得不再傾心於她；也因爲安然的關係，林俊才會拒絕與她的婚約。

只要有安然這個第三者，一切便變得順理成章。

安然不知道王欣宜到底在執著什麼，但他可以看出這個女孩很怕寂寞。也許是因爲從小缺乏家庭溫暖，因此她對身邊人的離去非常敏感。她不見得有多愛林俊，但卻努力不想讓彼此之間的關係有任何改變。

安然知道再這樣讓王欣宜鑽牛角尖下去，必定不是件好事。他很喜歡這個沒什麼心眼的女孩子，並不希望她總是露出落寞的神情。

聽到安然的話後，王欣宜立即反應很大地反駁：「你在胡說什麼？我當然是喜歡俊表哥的！」

安然凝望著少女略帶慌亂的眼神，問道：「這是妳的眞心話？對他是戀愛的那種喜歡？」

王欣宜聞言愣住了。

她很想大聲回答「是」，想要像往常那樣強調自己對林俊的愛意。可是迎上安然認眞的眼神，王欣宜忽然動搖了。

她對林俊的感覺，眞的是「喜歡」嗎？

應該……是喜歡吧？自從小時候，知道雙方父母要將他們湊成一對時，王欣宜便覺得林俊是丈夫的最佳人選，因此她一直視林俊爲囊中物，決心長大以後要嫁給他爲妻。即使她知道王家與林家的婚約，其實只是爲了她長大前能好好保護她這個王家繼承人的權宜之計。

現在她已經長大了，林俊無須再用婚約來保護她後，便順理成章地要求獲得他的自由，其實也是無可厚非的事。

王欣宜小時候在林家生活的時間比在王家還要多，從小最喜歡黏著林俊這個與自己年紀相近的表哥。她知道林俊只把自己當作妹妹來疼，而她對對方抱持的也不是愛情……但那又有什麼關係？他們的感情那麼好，愛情什麼的可以在婚後培養嘛！不然等林俊將來結婚、有了自己的家庭以後，必定不能像現在這樣疼她了吧？

說穿了，其實王欣宜是對未知的關係而擔憂，害怕改變罷了。

這種狀況就像是從小熟悉的身分與信念，在瞬間崩潰的感覺，使王欣宜感到無所適從。

因此對於林俊的退婚，她不想認輸，也不甘心，更害怕因爲身分的改變，而影響彼此間的情感，所以激烈地反彈。

只想緊緊抓住現在擁有的東西，什麼也不要改變。

因此王欣宜非常執著於林俊未婚妻的身分，一直認爲自己是喜歡林俊的，就快要說服自己了。然而安然卻硬生生揭開她的眞正想法，其實她眞的是個很自私的人。

就在王欣宜因爲安然的話而胡思亂想之際，她突然覺得額頭一陣冰涼。少女嚇了一跳，抬頭一看，便見一罐冰涼的飲料正貼在自己額前。

安然看著王欣宜愣愣地接過飲料，那副呆萌的樣子令他不由得再次手癢起來。這次安然順從自己的心意，伸手捏了捏少女的臉頰。

王欣宜的臉頰略帶嬰兒肥，捏起來肉肉的，皮膚光滑而充滿彈性。安然感受著手上的觸感，總算明白爲什麼有些人總喜歡捏小孩子的臉了，因爲那手感眞的很不錯啊！

「好好冷靜一下吧！妳也該振作起來了。」

王欣宜愣愣地看著安然捏了自己的臉頰後，便丟下一句話，逃跑似地離開了。

少女的額頭還因爲冷飲而略帶冰涼，握著飲料的雙手更是涼涼的，但白皙的臉上卻泛起一片紅暈，也不知是安然剛才捏出的紅印，還是因那過於親暱的舉動而萌生的羞澀。

良久，王欣宜才回過神來，邊把冰涼的冷飲貼在羞得熱辣辣的臉頰旁降溫，邊嘀咕：「眞、眞是的，竟然捏我的臉，他把我當小孩玩嗎!?」

□

當林俊被安然拉著，從女生的包圍下脫身後，他敏銳地感覺到王欣宜與安然之間的詭異氣氛。

除此之外，林俊還感覺到王欣宜對自己的態度有了微妙的改變。

彷彿他們一夕之間回到了小時候，那時王欣宜還是個懵懂的孩子，並不明白未婚夫的意義，雖然喜歡黏著林俊，卻沒有日後那種打著「愛戀」的旗號、令人不舒服的獨佔欲。

對於王欣宜的變化，林俊自然很高興，也總算能夠鬆一口氣。

雖然有句話叫「日久生情」，可是他與王欣宜從小就一起長大，既然十多年來也無法培養出超越兄妹的感情，林俊不認爲繼續糾纏下去，二人之間就能生出「愛情」這種東西。

再加上隨著王欣宜年紀漸長，少女過了最難搞的叛逆期，來到能夠明辨是非的年紀，林俊認爲自己這個「未婚夫」的責任已經結束。繼續保持這種不清不楚的關係，對王欣宜來說並不是一件好事，這才有了解除婚約的舉動。

只是林俊想不到對方的反應會這麼激烈。林俊仍記得，當時王欣宜聽到他提出要解除婚約時，整個人都愣住了，然後這個從小到大彷彿沒有任何煩惱的女孩子，便當著他的面哭得稀裡嘩啦。

自那天起，王欣宜便豎起了渾身的尖刺，總是與林俊針鋒相對，卻又纏人纏得厲害。結果林俊受不了，想要分開一下彼此，好給王欣宜冷靜的機會，這才有了之後離家出走的戲碼。

原本家人還勸林俊，既然雙方暫時都沒有眞正喜歡的人，而王欣宜又對此舉如此抗拒，其實並不用如此著急地切斷這種關係。可是林俊對此卻十分堅持，只因他從小便因為出色的身世與容貌，沒少遇到女生的告白，因此對於處理感情問題，一向是決斷而成熟的。

他知道感情這種事最忌拖拉，要是對對方沒有那種意思，就應該盡早斷得乾淨；並非一輩子都不再見面，但至少話必須說清楚，絕不能因為心軟而吊著對方。

可惜王欣宜不明白林俊的苦心，林俊的抗拒更引起少女爭強好勝的心。結果王欣宜愈發纏著他，令林俊不勝其擾。

想不到先前還如此執拗的王欣宜，現在態度竟開始軟化，既未像先前那樣無時無刻昭示著自己「未婚妻」的身分，也不再就這件事繼續挑釁，林俊見對方似乎真的想通了，自然欣喜不已。

可是欣慰之餘，林俊看了看剛剛與王欣宜待在一起的安然，卻又生出一種從小疼愛長大的妹妹，將要被其他臭男人搶走的危機感。

無論怎樣看，王欣宜不久前還嚷著要拿休書給他簽，想想她之前那股難纏的勁兒，很難相信是自己想通的。

至於是哪位得道高僧有如此能耐超渡了這個瘋丫頭……林俊把視線投向最大的

嫌疑者身上。

「幹麼盯著我看？」被林俊看得莫名其妙，安然奇怪地擦了擦臉。沒有沾上什麼髒東西啊!?

林俊正想說什麼，安然已被王欣宜一把拉住手臂，道：「有點餓了，我們先吃點東西吧！」

被王欣宜拉著走向小吃攤，安然一臉無奈地說道：「派對結束後還要吃晚飯，現在就別吃太多東西了，免得到時吃不下正餐。」

王欣宜撇撇嘴：「我只是解解饞，你要不要請我吃東西？」

王欣宜這副模樣，活像一隻沒有被主人餵食的小貓，正不滿地向飼主露出小爪子。安然被自己腦海中的想像逗笑了，取出錢包，問：「魚蛋還是棉花糖？」

看著王欣宜取過安然給的錢，興沖沖地買魚蛋去，林俊忽然有種被二人排擠在外的寂寞感。

爲什麼會這樣？

明明昨天欣宜過來蹭飯時，這兩人的氣氛還很正常的啊？

林俊突然覺得自己是個介入了安然與王欣宜的二人世界中，散發萬惡光芒的電燈泡。

「阿俊，你剛剛想說什麼？」安然把錢包收好後回頭詢問林俊，卻被青年突然變得憔悴的模樣嚇了一跳。

林俊本來還想詢問安然對王欣宜的觀感，不過看到安然這副茫然的神情後，林俊卻又突然不想把事情挑明了。

他甚至還有點惡作劇地想，憑安然對感情遲鈍又被動的個性，即使他真的對王欣宜有好感，要是沒有特別將事情攤開來說，他大概會與王欣宜維持著朋友的關係直至天荒地老吧？

林俊現在的感覺其實很複雜，從小至今，他疼了王欣宜這麼多年，雖然前段時間真的被她吵得很煩，但一想到這孩子會被別的男人帶走，身邊將會有其他人保護，心裡便覺得不是滋味。

這難道就是身為岳父的心境嗎？

一想到這裡，林俊不禁一陣發寒。

見王欣宜拿著魚蛋回來後，笑逐顏開地嚷著要去玩攤位上的遊戲，安然奇怪地問道：「妳不用負責其他工作嗎？」

王大小姐用著理所當然的語調，仰起下巴道：「當然，麻煩死了！你沒看見我穿著便服嗎？」

原來這次聖誕派對的工作人員，例如那些在校門接待賓客、負責攤位的學生都是身穿校服；至於一般前來參加派對的學生，則可以像王欣宜那樣穿著便服出席。

王欣宜不說，安然倒是沒有留意還有這種區別。他原本以爲有些學生之所以穿校服、有些穿便服，只是因爲個人喜好。

就在王欣宜向安然解釋衣著區別之際，一名短髮女生匆匆忙忙地小跑步經過，看到王欣宜後突然折返回來：「欣宜，有空能幫個忙嗎？」

剛把最後一顆魚蛋吃進肚子的王欣宜，咬著竹籤問：「嗯？班長，怎麼了？」

短髮女生道：「我忘記把攤位用的道具拿過來，現在很忙，一時又走不開，妳可以幫我到教室拿一下嗎？」

王欣宜道：「可以啊，反正我也沒有什麼事。要拿什麼東西？」

聽到王欣宜願意幫忙，短髮女生明顯鬆了口氣：「就是上星期買的那把紙傘，應該放在座位最後一排，麻煩妳了。」

在一旁聽著王欣宜與班長的對話，安然不禁有些意外。身爲轉學生，王欣宜轉到這間學校的時間並不長，而且她又是火藥筒般的性格，再加上這次派對裡，王欣宜身邊未看見任何朋友，安然本來還以爲少女在學校的人緣不太好。

何況根據安然讀書時的經驗，長相漂亮、有異性緣的女孩子，在女生之間總是特別容易受排擠甚至欺凌。雖然安然覺得以王欣宜的性格，應該也沒有人能欺負得到她才對……

但現在看她與班長的互動，二人雖然稱不上親密，但似乎相處得頗爲不錯。

「妳的朋友？」安然心想如果有朋友在，王欣宜可以不用顧忌他們，與朋友一起玩也沒關係。

「還不是啦！不過快了，我正在努力中。」王欣宜對於自己糟糕的交友狀況，倒是出乎意料地坦率：「中途插班本來就很難融入班級。不過班長人很好，我想跟她做朋友。」

聽到王欣宜直白的話，安然突然覺得她很可愛，隨即想到先前捏對方臉頰時的觸感，頓時覺得心癢癢的，只得掩飾地假咳了聲，鼓勵道：「加油！」

再次充分感受到被二人排除在外的林俊，上前努力增加自己的存在感：「我看那個女生很急的樣子，還是先到教室去拿紙傘吧！」

聽到林俊的話，王欣宜拉著安然道：「只是去拿把紙傘，有安然陪我就好了，俊表哥你就安心去玩吧！」

如果說先前林俊還只是猜測，現在王欣宜躲避自己的意圖已相當明顯。

林俊皺了皺眉正要說些什麼，卻正好看到安然的嘴巴一張一闔，無聲說著：讓她平靜一下。

雖然不知道王欣宜爲什麼會這樣反常，不過有安然陪著她，林俊也放心；而且看著少女強顏歡笑的模樣，林俊也不忍逼迫她，於是便把要說的話吞回肚子裡，任由安然與王欣宜離開了他的視線。

確定林俊看不到他們以後，王欣宜臉上燦爛的笑容黯淡下來，無精打采地低聲說道：「我是不是很沒用？想要不再糾纏俊表哥，可是不知該怎樣與他回到單純的兄妹關係。」

安然聳聳肩，道：「像平常一樣就好，反正你們相處時本就沒有名爲『愛情』的這種東西，只要不再陰陽怪氣地自詡是阿俊的未婚妻就行了。」

王欣宜聞言瞬間炸毛：「我什麼時候陰陽怪氣了！」

安然看著王欣宜，沒有說話。

王欣宜的脾氣來得快、去得也快，被安然的目光看得有點心虛，少女用惡劣的態度來掩飾內心的不自在，惡狠狠地道：「走快一點啦！」

安然也沒有拆穿她，好脾氣地說：「好的好的。」

王欣宜哼了聲：「你回應得太敷衍了！」

安然：「……」

哎，傲嬌的大小姐雖然很可愛，但眞的太難侍候啦！

異眼房東の日常生活

第四章・旗袍女鬼

雖然王欣宜的學校設有電梯，不過並未開放使用，一般學生上樓都是走樓梯，安然他們自然也不例外。只是經過四樓時，原本快步往上走的王欣宜卻突然放慢腳步，並示意安然小心腳底。

「怎麼了？」安然不明所以地看著小心翼翼前進的王欣宜。

明明四周沒有人，王欣宜卻神祕兮兮地壓低聲量說道：「四樓的樓梯可詭異了呢！常有學生在這一層樓摔倒，還有一些參加社團的學生，留校路過這裡時，會在樓梯轉角處的地面看到一隻女人的手，可是眨眼間卻又不見了。所以大家經過四樓樓梯時，都會走得特別小心，畢竟這裡已經出過很多次意外，誰也不想當下一個摔倒的人。」

聽著王欣宜的解釋，安然有些不以爲然。畢竟哪間學校沒有一、兩個怪談呢？而且樓梯啊、實驗室啊、女廁啊什麼的，不都正是發生怪談的熱門地點嗎？

而且最重要的是……

「這應該只是謠言吧？我什麼也沒看見啊！」安然道。

聽到安然的話，王欣宜輕蔑地看了他一眼：「說得你好像經常見鬼似的，不是說要時運低、或者鬼節什麼的才容易看見嗎？即使我們看不到，並不代表祂們不存在呀！」

安然這才想起自己一直沒有把能夠見鬼的事情告訴王欣宜。先前是覺得沒有必要，而且也不想嚇到她，但現在彼此日漸熟悉，再隱瞞此事似乎不太好？

還是找個機會告訴她吧！

雖然安然沒有在四樓的樓梯看見任何東西，但仍聽著王欣宜的話，小心翼翼地放緩了腳步。結果什麼事也沒有發生，二人很順利地離開了這個經常出意外的地點，來到王欣宜教室所在的樓層。

自從畢業以後，忙著生計的安然一直沒有機會返回母校探訪，雖然畢業至今的時間並不算很長，但安然覺得自己已經好久沒有接觸這種環境了。看著眼前整齊排列的木桌椅、窗旁的百葉簾、黑板與教師的站台……他突然有種很懷念的感覺。

隨即，安然打量教室環境的視線，轉到王欣宜手中的紙傘：「就是這東西？」

王欣宜聞言遞出紙傘，安然很自然地接了過去，幫忙拿著。少女見狀，雙目閃過一絲愉悅而滿意的神色：「嗯，這紙傘是遊戲道具。這麼重要的東西他們竟然忘了拿，眞是太疏忽了。」

安然打量手中的紙傘，近看發現這紙傘實在殘舊得厲害，即使已經被清理過，看起來還是髒兮兮的。不過，雖然看起來很老舊，但它的做工與材料卻比想像中紮實：「這是二手貨嗎？你們在哪裡買的？」

王欣宜笑道：「這是班長從街角那間賣舊貨的店舖裡買回來的，可便宜了。老闆還說這是古董，想抬高價錢呢！也不想想就這把髒兮兮的紙傘，要不是班長喜歡，說不定再多放十年也不會有人買呢！最後老闆加價不成，還反被班長砍價。」

安然聞言笑了笑，正要答話，卻在抬頭的瞬間，眼角閃過一抹不協調的紫紅。

因爲那紫紅只是瞬間掃過、在腦海中殘留下來的影像，因此安然並不清楚自己到底看到了什麼，只是單純感到奇怪，爲什麼會在淡色天花板與吊扇之間看到如此鮮艷的顏色。

感到困惑的安然，想也不想便再度將視線轉了回去。

然而這一眼，卻看得安然寒毛直豎！

他看到一個面目模糊的女人，脖頸綁著一條麻繩，正懸掛在其中一把吊扇上！

這個女人的臉孔像有霧氣遮住般，一片模糊而看不清楚，但安然直覺對方的年紀並不大。一頭長髮凌亂不堪地散開，與垂落於脖子旁的漆黑髮絲相較，顯得膚色蒼白無比。

女人穿著一身紫紅色旗袍，僵直的手腳泛著死亡的灰白，腳上與旗袍同顏色的繡花鞋不見了一隻，不知是否在斷氣前，因爲痛苦掙扎而掉落的。

看到這個懸掛在吊扇上的女人時，安然第一時間的念頭是，有人在教室上吊！然而當安然迅速回過神，注意到女人一身不合時代的衣著，以及那看不清五官的容貌時，便判斷出這女的絕不是活人！

雖然心臟仍然很不爭氣地被這突然出現的鬼魂嚇得怦怦亂跳，不過經過多次遇鬼的經驗，安然現在已經能夠較爲冷靜地處理這種情況。

膽子什麼的，是可以練出來的！

安然一邊小心翼翼地觀察那名懸吊在半空、動也不動的女人，一邊一手抓住紙傘、一手牽著王欣宜的手，慢慢朝教室大門後退。

王欣宜並沒有看見那個懸吊在吊扇上的女人，因此當安然突然抓住她的手時，少女下意識便想要掙脫甩開。

此時情況尚未明朗，安然自然不會讓王欣宜掙脫，他加重力道、牢牢握住少女的手，並且小聲警告：「別動！」

王欣宜挑挑眉，竟然乖乖地聽從安然的話，任由他牽著自己的手。此時安然全副心神正注意著吊扇下的鬼魂，並沒有發現王欣宜紅起來的臉龐。

安然牽著王欣宜，雙目緊盯鬼魂不放，擺出即使面對鬼魂看起來也很有氣勢的模樣。但其實他每次看到鬼魂時，都有種從心底生起來的戰慄感；這無關乎鬼魂的外貌是否恐怖，又或者祂們是否帶有危險性。

這些不應存在於人間的鬼魂，散發著令人直發毛的死亡與絕望氣息，即使看得再多，安然仍然無法適應祂們的存在。

以前安然看見可怕的東西時，因爲害怕，總會不自覺地移開眼神；可是經歷過這麼多事情之後，他已經學會即使再害怕，也不要把視線從可能會威脅到自己的事物上移開。

因此再膽怯不安，安然還是眨也不眨地盯著女鬼，以免受到攻擊時來不及做出反應。

當二人終於移至教室門口，安然這才從女鬼身上移開視線，拉著王欣宜轉身便要離開。

然而他們才正要轉身，前一秒原本還遠遠懸吊在吊扇上的鬼魂，竟倏地出現在他們後方，與轉過身來的他們直接對上！

更糟糕的是，能夠看見鬼魂的安然雖然被狠狠嚇了一跳，但還是來得及煞住腳步；可是看不見鬼魂的王欣宜，卻一無所知地繼續往前走。安然抓著王欣宜的手，想要把她拉回來時，已經太遲了。

只見超前安然、繼續往前走的少女，與站在身前的女鬼撞個正著。

在安然震驚的目光中，女鬼瞬間融入王欣宜的身體中，並消失不見。

「欣宜！妳沒事吧!?」安然用力一拉，把王欣宜拉了回來，卻見少女腳步輕浮，而且眼神渙散、一片茫然，令安然感到心驚。

就在安然不知所措之際，王欣宜動了。

少女用力甩開安然牽著的手，以很快的速度衝出走廊，隨即雙手按住圍欄邊緣，就要跨過圍欄跳下去。

在王欣宜跳樓的前一刻，安然及時趕至，攔腰抱住少女的腰部將人拉了回去，反作用力令兩人一起摔跌在地。

安然顧不得身上的疼痛，忍著痛楚從地面迅速爬了起來，連忙察看王欣宜的狀況。

倒臥在地的王欣宜慘白著一張臉，緊閉雙眼動也不動，要不是還有呼吸，安然幾乎以爲眼前的已經不是活人了！

「欣宜，妳醒醒！」

安然邊說邊拍了拍王欣宜的臉頰，聽到安然的呼喚，少女長長的睫毛顫動了數下，隨即在安然驚喜的目光中張開雙眼：「我剛剛……怎麼了嗎？」

安然聞言，一時之間不知道該怎麼回答……

直接告訴王欣宜她剛剛被鬼上身嗎？豈不嚇死她!?

看著臉色煞白、彷彿只剩下一口氣的少女，安然還是決定先不刺激她，弄清楚事情後再說。

因此，安然裝作聽不見王欣宜的疑問，逕自問道：「妳有沒有不舒服？知道剛剛發生什麼事情嗎？」

王欣宜似乎還有點恍惚，盯著安然發呆了好一會兒，才緩緩回答：「剛剛……走到教室門口時突然感到很冷，然後不知道爲什麼，突然覺得很不開心、很失落，對什麼事情也提不起勁……有種想要輕生的感覺……」

說到這裡，王欣宜瞪大雙眼：「呃、我剛剛……我該不會……」

安然點了點頭：「是的，妳剛剛跑去跳樓，不過沒有成功。」

王欣宜雖然還因爲自己剛剛的自殺舉動而震驚，但聽到安然的話後，還是忍不住反駁：「當然沒有成功，要是成功就不會在這裡跟你說話了。」

安然挑了挑眉：「妳對救命恩人就是這種態度嗎？」

王欣宜聳聳肩，隨即看著安然的雙眼，認眞地問道：「到底發生什麼事情？」

王欣宜的性格雖然有些大而化之，可是並不傻。她確定自己絕對沒有理由去尋死，只是這次的事情如此奇怪，而安然又一副欲言又止的模樣，她再猜不到另有內情就未免太笨了。

安然看著王欣宜難得露出嚴肅的表情，原本已經決定向少女坦白自己的能力，現在有了這件事爲契機，安然便順水推舟將剛剛發生的事一一道出——包括他有見鬼的能力，包括看見一個懸吊在吊扇的鬼魂，也包括那女鬼進入王欣宜的身體後，少女跨出圍欄想要一躍而下。

「什麼!?剛剛有女鬼上了我身？那現在呢？」鬼上身一事所帶來的震撼，完全蓋過了安然見鬼能力的事實。王欣宜的注意力完全略過安然的陰陽眼，處於自己也許還被鬼附身的驚惶失措中。

「我不知道。」安然安撫地拍拍王欣宜的肩膀，然而說出來的話，卻讓王欣宜更加驚疑不定。

「怎麼會不知道？你不是能夠看見那些東西嗎？那現在幫我看一看不就好了？」王欣宜一臉懷疑地連聲詢問。

安然解釋：「我是看得見鬼魂沒錯，可是自從『那一位』進入妳的身體後，我就看不見她了。雖然不久前妳表現出一副受到控制的模樣，但在我阻止妳尋死後，卻又再度恢復神智；現在看起來好像是沒事了，但我一直沒有看到『那一位』離開妳的身體……所以我也不確定『那一位』到底還在不在。」

安然解釋之餘，也特意在提到「那一位」時加重語氣，暗暗提醒王欣宜要注意禮貌，別「這東西」、「那東西」地喊，人家說不定還在她的身體裡呢！

王欣宜終究是個從小被保護的嬌嬌女，從未有過生死懸於一線的經驗，聽著安然的話，令她再次想起鬼上身時那種接近死亡的感覺，不禁揉揉起了一身雞皮疙瘩的雙臂，問：「你說……那鬼魂是不是在找交替？那我豈不是很危險嗎！」

安然想了想，安慰道：「妳先前不是說，在那位進入妳的身體後，自己感到很冷很絕望嗎？我也曾有過被鬼魂包圍的經歷，當時也是感到一陣莫名其妙的冰冷，隨即心裡生起無數負面的情緒。如果那種狀況持續下去，也許我也會跟妳一樣做出尋死的舉動吧？天華曾經說過，鬼魂是一種負面的能量體，也許妳只是被祂影響了情緒，因而做出不智的舉動。」

聽到安然的安慰，王欣宜才覺得心安了些。當安然提及劉天華的時候，少女露出訝異的神情。

王欣宜以為自己與安然已經很熟了，卻到現在才知道對方原來有著見鬼的能力；至於那個住在安然樓下、感覺吊兒郎當的劉天華，竟然也是安然的同道中人？

這到底是啥臥虎藏龍的世界!?

地球好危險，她要回火星啊啊啊！

見王欣宜沒事，安然在鬆了口氣的同時，才發現兩人此刻的姿勢有多曖昧。

二人摔倒在地後，安然半跪地上，抱著王欣宜的上半身把人喚醒。王欣宜醒來以後，二人便一直維持著這個親密的姿勢。因爲彼此都把注意力放在鬼魂一事上，並沒有注意到姿勢的不妥。

安然察覺到對方實在靠得太近後，爲免尷尬，在王欣宜未察覺前，便不動聲色地把靠在自己懷中的少女推開了些。

安然站立起來，看著絲毫未覺的王欣宜，暗暗鬆了口氣，隨即彎腰向她伸出手：「我想，我們還是先離開這裡比較好。妳能站起來嗎？」

先前二人摔倒在地時，位於王欣宜身後的安然成了肉墊，因此青年身上有一些瘀傷；而王欣宜倒是沒有什麼傷口，只是因爲受到鬼魂的死氣影響，一時之間沒有力氣。

說了幾句話以後，王欣宜已經緩過來，聞言也覺得此地不宜久留，立即拉著安然的手，借力站了起來。

「你說得對，這裡太邪門了，快走快走！」

王欣宜說罷，便拉著安然往外跑；安然被少女拉得一個踉蹌，離開前不忘撿回掉在地上的紙傘。

見王欣宜一副迫不及待要擺脫霉運的神情，安然猶豫片刻後還是沒有提醒她，事發地點是她的教室，聖誕假期結束後，她終究還是要回來啊……

被拉著匆匆忙忙跑下樓的安然，突然感到右腳腳踝一緊，要不是王欣宜及時拉住，他便要往下摔了！

安然慌忙扶住身側的扶手，目光不期然地對上牆壁上顯示的「四」字。

那個在學校裡，傳言著要小心通過、經常莫名其妙出意外的樓層！

該不會……那個傳言是真的吧！？

如此想著的安然，求證般垂首看向自己剛剛感到被人抓住的腳踝位置，王欣宜也同樣順著安然的視線低頭看去。

一隻蒼白的手，此刻正緊緊抓住安然的腳踝！

那是一隻屬於女人的手，有著修長而纖細的手指，尖長的指甲還塗著艷紅的指甲油。在蒼白膚色襯托下，更顯得指甲油如血般鮮紅，刺痛著安然的雙眼。

這隻手只有前半部分露了出來，後半部的手臂則隱沒在樓梯的地面，看起來就像從階梯上直接長出來。

那可以說是一隻很美的手，修長而優美，白皙的肌膚透露著珍珠的光澤。然而在這種狀況下，卻只令人覺得毛骨悚然！

安然連忙從那隻美麗又詭異的手中掙脫腳踝，同行的王欣宜則表現得比安然這個當事人更加驚惶。少女看到怪手後倒抽口氣，死命抓住安然的手臂，拚命把他往旁邊拉扯。

在受到威脅時，王欣宜展現驚人的爆發力，她那雙纖瘦的手臂瞬間使出比平常更大的力氣，把安然拉得失去平衡、差點要摔下樓梯；幸好安然眼明手快地伸手抓住樓梯的扶手，這才免除摔下樓梯的命運。

嚇得不知所措的王欣宜，顯然沒有發現安然在鬼手攻擊下原本沒事，卻差點命喪在她的怪力拉扯中。

此刻，驚惶失措的她完全把豬隊友的潛質發揮得淋漓盡致。在安然才剛穩住身體、心臟還因失去平衡而嚇得怦怦亂跳之際，王欣宜又再度用力拉著安然，拚命逃離現場。

結果安然還未站穩，便被她拉得倒了下去；幸好青年的手仍然緊握扶手，只跌下兩階便穩住了身體。

看到安然滑倒，王欣宜總算察覺到剛剛的失誤，雖然她的手依舊緊緊抓住對方的手臂不敢放鬆，但總算不再拉扯他了。

沒有被王欣宜影響行動，安然很快便爬起來，帶著王欣宜快步離開四樓。

雖然樓層不高，但快步奔走再加上受到驚嚇，當兩人回到一樓時都已氣喘吁吁。明明是要穿著羽絨的大冷天，他們的額頭卻滿是汗水，也不知是因快速奔走而流的，還是嚇出來的冷汗。

終於回到人來人往、熱鬧無比的操場，王欣宜總算冷靜下來，想到自己在驚惶失措下做出的白痴舉動，不禁滿臉通紅，期期艾艾地道歉：「安小然……剛剛對不起……」

安然搖搖頭，雖然被王欣宜拉扯得差點出意外，可是他一點兒也沒有責怪對方的意思，甚至還有點感動。

畢竟王欣宜在那麼驚慌的情況下還記掛著他、沒有丟下他，已經很夠朋友了。何況王欣宜與他這個老是見鬼的人不同，第一次看到鬼魂，既沒有高聲尖叫，也沒有嚇得動彈不得，以一個女孩子來說已相當了不起。

嗯？等等……

「欣宜，妳也能看見那隻手嗎!?」

王欣宜聞言撇了撇嘴：「當然看得見啊，我又不是瞎子。」

安然再問：「那妳平常會看見鬼魂之類的東西嗎？」

王欣宜這才醒悟過來，頓時垮下臉，可憐兮兮地道：「別人都說時運差才會看見鬼，我又不像安然你有陰陽眼，今天又是被鬼上身、又是看到學校階梯的鬼手……我該不會正在走霉運吧？」

看到王欣宜一副天要塌下來的表情，安然安慰道：「不要緊，派對結束後我給妳一些白鼠尾草，妳把它燒掉後煙熏一下身體，據說這樣可以淨化人體氣場、清除負能量，而且那是阿俊在外國訂回來的高級貨喔！」

王欣宜聞言，一臉厭惡地皺起鼻子：「我才不要，那些白鼠尾草燒出來的煙臭死了！而且你經常用那些煙來熏自己，關鍵時刻還不是照樣倒楣？」

「呃……」王欣宜的話實在讓安然無法反駁。

不過安然還是有些擔心，對於王欣宜的狀況，安然實在有點拿不定主意。偏偏這段時間劉天華不在香港，找唐銘的話……

一本總裁封面的十八禁小肉本，再次浮現安然的腦海中。

自從那次把小肉本連同禮物一起交給唐銘後，感到超尷尬的安然，至今未再與對方聯絡。

安然本來就與唐銘不熟，現在二人之間的氣氛又這麼尷尬，安然對於是否該找唐銘幫忙，實在有些猶豫不決。

或許，看一下狀況再說？

這麼想著的安然，決定先觀察事態的發展，說不定王欣宜已經什麼事情也沒有了呢！

異眼房東の日常生活

第五章・拜訪林家

「糟糕，差點忘了！我們要快點把紙傘交給班長，她應該急著要用！」回到熱鬧的操場，王欣宜總算放鬆緊繃的心情，想起他們之所以到教室是有任務在身。

結果安然才剛喘口氣，又被王欣宜拉著往他們班級的攤位跑去。

雖然遇上一連串的怪事，王欣宜甚至還差點鬧得跳樓自殺，但其實並沒有花掉太多時間；再加上兩人是跑著回來的，因此不單沒延誤太久，反而當他們把紙傘交給班長時，對方還覺得他們速度比想像中快多了。

雖然班長對於王欣宜的家世並不清楚，可是也能看出這個上下學有司機接送的女生，家境絕對不一般，甚至在要求對方幫忙後還有些後悔，深怕王欣宜這個大小姐不把她的拜託當一回事，又或者慢吞吞地敷衍了事。

原本班長早已做好對方會拖延很久、甚至鬧失蹤的心理準備，現在看到王欣宜那麼快便把紙傘拿來，自然覺得份外驚喜。

何況王欣宜那紅通通的臉龐加上喘吁吁的模樣，更顯示出運動過後的痕跡，說不定人家還是跑著把紙傘送過來的呢！

想到這裡，班長不禁因先前對王欣宜的不信任而感到歉疚，其他負責攤位的同學，看到幫忙拿東西的人竟然是王欣宜時，也不禁對她改觀，笑著向少女道謝。

十幾歲的年輕人心思還很單純，也未經歷過社會的歷練而變得虛僞圓滑，待人接物仍然保有眞誠。他們與王欣宜之間只是欠缺一個相處的契機，現在彼此的隔閡一旦打破，雖說不可能一下子就成爲至交好友，但至少也是友誼的開始。

王欣宜知道感情這種事急不得，現在大家有了接受她的意願，但還未有太大的交情，王欣宜也不想硬是留下來拉攏關係。反正來日方長，大家作爲同班同學，相處的機會不少，總有與他們混熟的一天，不須急於一時。

因此完成任務後，王欣宜便與同學們揮手告別，繼續與安然他們享受派對了。

安然與王欣宜二人與林俊會合後，皆很有默契地沒有說出剛剛在教室，以及四樓樓梯遇上的怪事。

王欣宜覺得沒有說出的必要，心想反正他們都脫險了，那女鬼總不會跟著他們回家吧？

至於遇過不少怪事的安然，則沒有王欣宜那麼樂觀。他對於這件事是否眞已劃上句號抱持疑問，但現在對於鬼上身一事還只是一知半解，因此安然決定先不提此事，免得讓林俊白白擔心，一切還是待自己了解全貌後再說。

安然決定即使再尷尬，今晚也要打個電話詢問一下唐銘。要是事情發生在他身上，安然或許還不至於那麼在意，可是出事的卻是王欣宜這個嬌滴滴的小女生，安然怎樣也放心不下來。見王欣宜一副狀況外、覺得事情已完結的模樣，安然便只得自己多加操心了。

幸好王欣宜不知道安然內心對她的評價，畢竟她因為剛剛發生的怪事，還一直覺得自己表現不錯，與安然成了一起面對鬼魂的「戰友」，心裡特別自豪。

如果讓王欣宜知道，安然實際上是把她當成須好好保護的瓷娃娃，估計少女又會忍不住甩他巴掌了。

三人逛了一圈，也光顧幾個有趣的攤位後，突然燈光一轉，幾道不停轉換柔和色調的投射燈，以及播放著的浪漫音樂，便成功使派對的氣氛瞬間變得曖昧起來。

隨即一名穿著校服、一看便知是工作人員的學生拿起麥克風，宣布舞會開始。

學生的臉皮還是比較薄，尤其是女孩子們，這種時刻大多不是與親人，便是與同性好友一同跳舞。

不過還是有些男女組合。畢竟這個年代，高中生談戀愛已經算不上什麼驚人的事情，基本上只要不太過火，學校不會多加干涉，因此學生情侶們也沒有太大的顧忌；只是情侶組合不是沒有，卻不算多，大多是一些已經在校內公開承認關係的戀人。

音樂響起時，立即有幾名女生圍過來邀請林俊與她們共舞。正所謂「男追女隔座山，女追男隔層紗」，女性主動可不是什麼新鮮事，反倒是那些想要邀請王欣宜跳舞的男生為免唐突佳人，出手倒沒有這些圍堵林俊的女生來得快。

王欣宜看著被女生包圍的林俊，撇了撇嘴，也不理會那些想來邀約自己的男生們的視線，轉向站在身旁的安然道：「安小然，陪我跳舞吧！」

安然聞言立刻感到為難，他這二十年的人生中，還沒有學習過跳舞這種上檔次的優雅活動。不過看到那些男生冒著綠光的視線，安然不禁生出一股保護王欣宜的使命感，硬著頭皮答應下來。

對於自身招蜂引蝶的狀況，王欣宜卻不如安然想像中的需要保護。畢竟她從小便不乏追求者，這種事情對她來說，只是司空見慣的小case。

不過麻煩少一個是一個，能夠有個擋箭牌讓那些男生消停一下，王欣宜還是樂見其成的。

因此當林俊從紅粉堆中脫困、見安然與王欣宜已經勾搭在一起時，林俊驚得下巴差點都要掉下來。

安然趁二人身體貼近時，小聲告訴王欣宜自己不會跳舞。看到青年羞赧的模樣，王欣宜噗哧一笑，難得地柔聲安慰：「沒關係，其實眞正懂舞步的人並不多，我們只要貼得近一點，身體自然隨著音樂擺動就好，這種派對不需要那麼講究。」

聽到王欣宜的話，安然這才放鬆下來。結果不用在意步伐了，安然卻因王欣宜的貼近而有些羞澀。從小到大，安然還是第一次與女孩這麼親近。

王欣宜的身材很好，上圍豐滿，腰部卻盈盈一握，身材纖瘦卻不會讓人覺得骨感，抱起來軟軟的、很舒服。安然比她高，從他的角度看下去，只見少女長長的眼睫毛像一排扇子搧啊搧，看得他彷彿有羽毛撓著心般癢癢的。

安然心頭蕩漾，有點不自在地微微退後一步，想要再把兩人間的距離拉開一

點。怎料安然才剛退開一步，王欣宜又立即踏前貼了上來，兩人再次恢復成先前那緊貼得不見一絲縫隙的狀態。

只聽王欣宜吃吃笑道：「這種舞要親密一些才對，像你剛才分得那麼開，看起來也太怪異了。反正大家都是這樣，你不用那麼不好意思啦！」說罷，便見王欣宜挑挑眉，原本巧笑倩兮的神情瞬間換上一副嬌蠻的模樣：「你這麼急著退開，難道是本小姐長得太醜，失禮於你了嗎？」

見王欣宜有點生氣了，安然立即搖頭解釋：「怎麼會？妳想太多了。」

爲免王欣宜誤會，安然再也不敢把人推開。反正女生都不介意了，他這個男的要是再說什麼也未免太矯情。

林俊在一旁看得牙癢癢，心想先前問過安然，他還說只把王欣宜那瘋丫頭視作妹妹看待，現在二人貼得這麼近、氣氛如此曖昧，這是對「妹妹」應有的態度嗎!?

瘋丫頭還只是個高中生耶！

安小然這個老牛吃嫩草的禽獸！

顯然林俊已經忘記了，雖然安然已是個出來工作的社會人士，但對方其實也只比他大一歲而已。

派對結束後，林俊趁安然去洗手間時，逮住玩得意猶未盡的王欣宜問道：「欣宜，妳喜歡上安然了嗎？」

王欣宜哭笑不得地說道：「俊表哥你怎麼會有這種想法？不說我與安小然只是朋友，就算我喜歡他又怎麼了？難道俊表哥現在終於知道我是個很好的女孩，後悔退婚了嗎？」

林俊抓了抓頭髮：「妳別開玩笑，我是認真的。妳要不是喜歡上安然，又怎會容許一個男的貼得妳那麼近，連他想退開也不允許？其實妳喜歡上安然也沒什麼，他人是不錯……但至少要讓我有個心理準備吧？」

王欣宜笑道：「你真的多想啦，我剛剛只是被他那副忙不迭把我推開的模樣給逗樂，忍不住逗逗他而已。」

見王欣宜笑得一臉純真，林俊張了張嘴，最終沒再說什麼。此時安然剛好回來，二人便結束了這個話題。

看著王欣宜蹦蹦跳跳迎上去的模樣，以及安然面對少女時不自覺露出來的寵溺神情，那種外人無法介入的氣氛，再次令林俊覺得自己的存在是多餘的。

林俊摸摸下巴，為自己先前沒有挑明安然對王欣宜的感情而慶幸。

如果林俊當時把王欣宜自身還懵懵懂懂的感情挑明開來，也許他現在看到的，已經是二人正大光明在他面前你儂我儂了。

雖然現在的狀況，其實也差不了多少……

林俊平常可是沒少嘲笑安然沒有女人緣的，要是安然越過他、早一步有了女朋友，那林俊的狀況就尷尬了！

這對以異性緣自傲的林俊來說，絕對是狠狠的打擊啊！

盯著這兩個明明表現得親密無間卻毫不自知的笨蛋們，林俊心想，也該是時候找個喜歡的女孩來談場戀愛了。

□

經過對安然來說雞飛狗跳的聖誕派對，兩天後，便來到了拜訪林家的日子。

這一天天氣很寒冷，除了身體素來健壯的林鋒只穿件薄外套，安然與林俊都套上厚厚的羽絨外套。也不知道是不是安然的錯覺，這幾天總覺得因爲林鋒引人側目的衣著，他被警察盤查身分證的機率好像有了上升的趨勢……

雖然安然早已從林俊兩三天換一部名車，以及平日生活中的一些細節裡，猜到林家兄弟絕對是富豪級的有錢人，然而當他看到那間奢華的豪宅，以及劃分爲私人所有的大片土地時，還是狠狠地被震撼了！

隨即，安然不由自主地以看外星人的眼神，目光投射至林家兄弟身上。

這兩個人放著豪宅不住，卻搬進他的小公寓，是頭殼壞去吧？

林俊一直觀察安然的神情，從進入家裡的範圍開始，他就等著安然露出崇拜、羨慕等等的眼神。可是安然的確是被震撼了，但他看向自己的眼神，怎麼都覺得不對勁啊！

誰能告訴我，爲什麼安然一臉同情地看過來啊？

我家有什麼要讓人同情的地方嗎!?

此時，一名頭髮已經半白的男子迎上來：「小鋒、小俊，你們回來了？老爺已經在等著你們。」

安然聞言把頭扭過一邊：「噗！」

這實在不怪他，畢竟「小鋒」、「小俊」這種暱稱放在林鋒與林俊二人身上實在太有喜感了！

聽到安然的笑聲，男子微笑道：「這一位便是安然先生對吧？歡迎蒞臨林宅，這段時間小鋒他們麻煩您照顧了。」

林俊狠狠瞪了安然一眼，隨即介紹道：「這是泉叔，他是我們林家的管家。」

安然並不傻，見泉叔那麼親暱地喚林家兄弟，而林俊也喚對方一聲「叔」，對方顯然不是名普通的下人；何況看上去對方年紀都能當自己的爺爺了，因此安然也以面對長輩時的態度，恭敬地打了聲招呼：「泉叔好。」

泉叔向眾人打過招呼後，便安靜地走在前頭，領著他們前進。沿途安然雖然已經很克制，但還是忍不住像劉姥姥進大觀園般地左顧右看。沒辦法，這裡光是私人泳池的面積就比他家還大，從沒進入豪宅的普通人承受不起啊！

進入客廳後，安然終於見到林家三兄弟的父母——林晟與王月霞。

林家三子的容貌都相當出眾，身爲他們的父母，林晟與王月霞自然也是俊男美女的組合。雖然二人的年紀已經不小，但經過歲月的沉澱，曾經張揚的美麗變成了沉靜內斂，有著另一種賞心悅目。

安然忍不住小聲對林俊耳語：「伯父伯母長得眞好看！你的爺爺年輕時應該也是位帥哥吧？」

林俊小聲回答：「才不呢！老爺子長得很普通，父親的長相都是遺傳自奶奶，長得像老爺子的是我家姑姑與小叔。」

面對初次見面的長輩，安然表現得禮貌而拘謹。然而身爲大富豪的林晟與王月霞，卻出乎意料地平易近人。尤其王月霞面對安然時，簡直有點過於熱情，言談間直把安然視爲親密的晚輩，不只拉著他閒話家常，更連連詢問生活上的瑣碎事。

至於較沉默寡言的林晟，話雖不多，可是與安然說話時都是和顏悅色，表現得比和自家兒子相處時更爲和藹可親。

林晟與王月霞邊聊邊不著痕跡地打量著安然。這孩子雖然長得不算出眾，但面貌清秀，看著令人舒服；言談間沒有一般年輕人的鋒芒，與長輩說話時有著難得的耐心與好脾氣，但同時又有自己的堅持與底線，是個外柔內剛的人。

看著這樣的安然，二人不禁感到欣慰。想著雖然安然不像林勇他們一樣，從小受菁英教育培養長大，但依然成長爲一個出色的人啊……

眾人圍繞著安然與林家兄弟的生活聊了一會兒後，林晟與王月霞交換了一個眼神，隨即將話題帶到安然的父母身上。

安然雖然覺得有點奇怪，但他父母的事情也沒有什麼不能說的，再加上安然本身又不是個會想太多的人，因此三言兩語間，便被林晟他們套出想要知道的事情。

果然如同林晟他們所料，安然對於自己的母親林昕所知不多，除了姓名與容貌，有關林昕的出身等等都一無所知。

當然這也不能怪安然，畢竟林昕過世時他還年幼，尚未到懂事的年紀。而安然的父親顯然知道妻子與家族鬧翻的事，爲免多生事端，他刻意地阻隔了安然與林家的聯繫。

何況安然的父親父兼母職把他養大，父子之間的感情一向很好。即使安然想要多了解母親，然而從小便體貼細心的他，卻因擔憂這個話題會勾起父親悲傷的回憶，所以鮮少詢問有關母親的事情。

林晟雖早已猜到安然對母親並不了解，不然他早該聯想到林家與他的關係了。但見妹妹唯一的兒子對她的事情茫然不知時，林晟忍不住感到一陣心酸。

原本林晟早已在安然他們來到以前，在心裡預想了要說的話、組織了不少動聽的詞彙，希望獲取安然的好感；可是到說出口的那一刻，林晟卻發現先前想好、堆砌好的理由根本吐露不出來。

現在在他面前的，是林昕的獨生子，也是林晟虧欠良多的外甥。當直接面對安然時，林晟這才深切感受到自己根本無法說出粉飾太平的話，因爲安然有知曉眞相的權利。

於是林晟捨棄華麗的腹稿，選擇單刀直入地道出眞相：「安然，你的母親林昕，是我失散多年的親妹妹。」

異眼房東の日常生活

第六章・林家往事

「什麼!?」安然聞言目瞪口呆，這是什麼神展開？

經過最初的震驚後，安然立即轉頭看向身旁的林家兄弟，卻見他們神情冷靜，顯然早已知道這件事。

「眞的？也就是說你、你是我的舅舅……鋒哥他們是我的表兄弟？但、但是，我從不知道母親那邊還有親人。而且爲什麼……爲什麼母親會與你們失散？」安然實在太驚訝了，連說話也變得結結巴巴。

終於認回妹妹的兒子，林晟的心情既激動又複雜。聽到安然的詢問後，林晟盡可能平靜地道出當年的事情：「當年我們的父親林陽生有兩子一女，分別是最年長的我，以及年紀較小的一對龍鳳胎。雙胞胎之中的女孩率先出世，她正是你的母親林昕；而只比她晚幾分鐘出生的弟弟，便是林昱……」

「什麼？林昱!?」聽到林昱的名字時，安然再度嚇了一跳，也顧不得打斷長輩說話不禮貌，急急忙忙說道：「這個叫林昱的人是不是長得跟我很像？原來他是母親的弟弟？也就是說，他是我舅舅？他……」

「安然，冷靜一點。」林鋒安撫地拍了拍安然的肩膀，並在安然震驚的注視下，取出安然在工廠遺失的林昱病歷。

太多令安然震驚的事情接踵而來，他已從驚嚇變成麻木了。默默接過林鋒遞出的病歷，並確定是自己丟失的那一份後，安然這才澀聲地問：「這病歷我還以為是自己不小心弄丟了，原來是被鋒哥你撿去了嗎？」

「抱歉，不過這上面的資料，我認為暫時不適合公開。」

安然默默環視了在場的人一眼，他突然覺得與自己同居好一段日子、原本認為很熟悉的林家兄弟，此刻變得非常陌生。

林鋒的意思是，他們把林昱視為林家的恥辱，所以不允許對方的事情公開嗎？

隨即安然想起林昱被送進療養院的原因，心情頓時變得冰冷。

林昱，是因為看見鬼魂而被判斷有精神病。

而林鋒他們也知道他看得見鬼魂，這令安然不禁心想，自己在林鋒他們的眼中，是不是也是個有著精神病的瘋子？

想到這裡，安然清澈的眼中浮現出一絲陰霾……

然而不待安然逕自往下揣測，身旁的林俊便已一掌往他的後腦勺巴下去：「你在胡思亂想什麼？神情都變得猙獰了啦！」

見安然按住被打的腦袋、愣愣看著自己的模樣，林俊一臉高傲地挑了挑眉：「怎麼這次呆掉了，不像平常那樣尖牙利嘴了嗎？我說，你剛剛到底在想什麼？鋒哥只是說暫時保密，又不是一輩子瞞著你。現在我們不是向你坦白了嗎？你卻露出這種可怕的神情，到底在胡思亂想什麼？」

心裡萌生懷疑時，安然不由自主便把林家兄弟盡往壞處去想。現在被林俊不滿的眼神盯得有點心虛，安然突然覺得錯的人好像變成自己。

明明是鋒哥藏起那份文件，爲什麼不對的人變成我啊!?

其實對於林俊他們的人品，安然是有信心的。不過接連受到驚嚇，驟然間心神不定、胡思亂想也不是他的錯嘛！

誰教他們丟出來的炸彈，一顆比一顆嚇人呢！

安然在心裡抱怨一番後，便組織了下想詢問的事，率先提出他此刻最介意的問題：「爲什麼林家會把林昱送進療養院？就因爲他與我一樣，有著見鬼的能力嗎？」

安然的問題一出，這次卻輪到林晟與王月霞愣住了：「你在說什麼？」

看到他們的神情，安然也露出愕然的表情。林鋒見狀揉了揉發疼的太陽穴，道：「我們沒有把你能看見鬼魂的事情說出去。」

因為先前一直弄不清楚林晟要求他們調查安然的原因，後來得知安然也許是他們的表弟後，卻又因林晟對安然奇怪的態度而選擇保持沉默。反正林晟沒有詢問，林鋒便沒有主動提起，與林俊很有默契地隱瞞安然奇異的能力。

而曾經從林鋒口中得知安然能力的林勇，在兩位弟弟的拜託下，也沒有特意告訴林晟這件事。

畢竟他們並不知道林晟對安然有什麼打算，而老爺子林陽更是個頑固的人，最討厭別人把鬼神之說掛在嘴邊，要是知道安然的能力，難免會對青年失禮。

結果林鋒他們的好意隱瞞，卻被安然這個當事人一句問話洩露了。

察覺到林晟與王月霞詢問的目光，林鋒嘆了口氣，解釋道：「安然能夠看得見鬼魂。」

林晟與王月霞聞言，向安然投以既驚訝又好奇的注視。隨即二人不知道想到了什麼，神色突然變得很難看：「是嗎……」

良久，林晟打破沉默，道：「安然，接下來我要說的，是你的母親林昕，以及你小舅林昱的往事；而你想要知道的事情，便可以在這個故事中得到答案。包括為什麼小昱會被家族送進療養院，還有小昕為什麼會離開林家。」

林晟提出的問題都是安然迫切想知道的，聽到對方的話，安然便正襟危坐地安靜聽著林晟道出往事。

□

林昕與林昱出世時，林晟只有四歲。

其實一開始，林晟十分不喜歡這對弟弟妹妹。照顧嬰兒本就是一件費神的事情，更何況是雙胞胎。

雖然有保母幫忙，但對於在照顧孩子上一向喜歡親力親為的林陽夫婦來說，這對喜歡哭鬧的雙胞胎實在折騰人。被雙胞胎吵鬧得精疲力竭的結果，便是他們忽略了年紀尚幼的大兒子林晟。

那時候，林晟覺得父母被突然多出來的弟弟妹妹搶走了，只是他從小就被當作繼承人培養，年紀雖小卻已是個乖巧懂事的孩子。雖然心裡不舒服，卻並沒有如一般孩子般哭鬧，只是默默地疏遠不喜歡的弟妹。

當林陽夫婦察覺到林晟對弟妹的疏離時，雙胞胎的存在已成爲林晟的心結。

某天，快滿一歲的林昕首次說出「媽媽」二字，一時間雙胞胎再度成爲所有人的焦點；眾人全都聚集在孩子面前，逗弄著他們說話。

唯獨林晟獨自坐在一旁，臉上掛著旁觀者的淡漠神情，彷彿他不是這和樂融融的一分子，只是個局外人。

看到這一幕，林陽夫婦這才驚覺，大兒子已有很長一段時間看都不看自己的弟妹，不要說主動要求抱抱他們，就連對兩個小嬰兒表現出些微的興趣都沒有；而林晟這種不尋常的冷淡，已經不知道持續多久的時間了。

林晟正用他的方式，沉默地拒絕弟妹的存在。

直至有一天，當林晟路過花園時，卻被牽著雙胞胎學走路的林陽喚住。

見林晟走上前後，林陽二話不說，便把兩個小娃娃的手一左一右地交到林晟的手上。

林晟被父親的動作嚇了一跳，但又怕放手的話會讓脆弱的幼兒摔倒，只得僵著身子、不知所措地站著，一動也不敢動。

林陽見狀，不禁勾起笑容，說道：「阿晟，弟弟妹妹年紀小，走路不穩；你當哥哥的，要好好牽著他們往前走，知道嗎？」

聽到父親的話，感受著掌心那溫暖軟綿的觸感，林晟第一次有了身為「哥哥」的使命感。

也是他暗自決定要討厭這對雙胞胎以後，第一次與他們如此接近。

兩個胖胖的小嬰兒，長得粉妝玉琢，十分討喜。他們笑起來的時候會露出剛剛長出來的小門牙，不停咿咿呀呀地，不知道逕自在說著什麼，非常可愛。

看著他們，心裡彷彿變得暖暖的。

林晟突然有點明白，為什麼大家都這麼喜歡這對雙胞胎了。

剛開始學習走路的孩子，走起路來搖搖晃晃、跌跌撞撞，而身為兄長的他，要好好牽著他們、帶領他們往前走……嗎？

握住小嬰兒的手，林晟小心翼翼地領著他們小步前進著，他覺得，這也許便是在弟弟妹妹出生後，自己獲得的使命吧？

身爲林家唯一的女兒，林昕是嬌養著長大的，而么子的林昱，也特別受到家人的寵愛。

至於林晟，則不知不覺度過嫉妒弟妹的彆扭期，成功朝弟控妹控之路進化著。

原本一切都很美滿，直至林昱的能力被發現爲止。

從小，林昱便表現出與一般孩子的不同。他經常凝望著什麼也沒有的地方，彷彿那裡有著吸引他注意力的東西。後來林昱的年紀再大一些，便開始說起奇奇怪怪的話。

例如他會朝沒有人的地方，興高采烈地揮揮小手，叫：「姨姨。」

又或者他會突然嚎啕大哭，指著陰暗的角落，說那裡有「壞人」。

小孩子總是有特別豐富的想像力，因此林家的人剛開始並未對此太在意，只認爲那是林昱在與自己幻想出來的人物玩耍。

可是當林昱的年紀再大一點，可以用言語清楚表達自己的意思時，家人才開始察覺到事情的怪異。

例如林昱會詢問父母，爲什麼這個姊姊的頭沒了一半，還依然可以到處跑？又或者，林昱有時候會分不清楚人類與靈體，面對什麼都沒有的地方說話、做出奇怪的舉動。

如果林昱這些詭異的舉動，只在家人面前出現也就算了，然而年幼的林昱不懂得隱瞞，無論是面對幼稚園的老師或同學，還是來家中探訪父母的客人、朋友，他也做過諸如此類的奇怪舉止。

於是，林家二兒子言行古怪一事，便開始在上流社會中傳了開來。

林陽夫婦帶著兒子看心理醫生，卻無法查出病因，更不要說根治他的問題了；已經上幼稚園的林昱，也因爲奇怪的舉止而備受同學欺凌。小孩子才不管對方的家族勢力，很單純地欺負他們不喜歡、不合群的孩子。甚至因爲林昱的關係，與他同年級的林昕也連帶被欺負。

雖然自家孩子被欺負實在很令人惱火，可是那些欺負人的孩子年紀還那麼小，林陽夫婦也不好意思追究，只得讓林昱他們換了學校，並且叮囑林昱，讓他轉校後不要繼續胡說八道，免得再被新學校的同學欺凌。

林昱雖然很努力想隱瞞自己的能力，但有時候面對鬼魂突如其來的驚嚇，並不是想忍耐就可以忍住的。更不幸的是，林昱的能力還隨著年齡增長而變強，已經到了影響生活的地步。

林昱不只看得見鬼魂，還能看到更多奇怪的東西。

他甚至偶爾能夠看見人的命運軌跡，又或者遠在千里之外的景物。

在林昱十三歲時，發生了一件事，讓整件事朝著惡劣的方向推進。

林晟至今仍記得很清楚，那時正值新年，所有林家親友都前來老宅拜訪。

當時孩子們都聚集在花園裡玩耍。其中一個男孩子，正是年幼時欺負林昱的孩子頭領。

男孩父母因爲顧忌林家的地位，得知自家孩子在幼稚園的惡霸行爲後，便強行押著孩子上門道歉。那個男孩是獨生子，自小被父母寵得不得了，雖然最終因爲壓力而勉強向雙胞胎道了歉，卻一直對此事懷恨在心。

後來林昱他們轉校之後，雙方也只在新年時才見得到面。即使如此，每年這男孩總是依舊對林昱做出各種挑釁。

結果那一次，二人不知道爲什麼打了起來。當林晟趕至現場時，兩個孩子身上皆已掛了彩。

當時林晟正好聽到，怒氣沖沖的林昱衝著男孩罵道：「一定是因爲你這壞人老是欺負我，所以才快要死了！」

性格文靜的林昱素來乖巧聽話，林晟雖然覺得事件起因並不是弟弟的錯，但對方終究是客人，而且林昱那番話已經是在詛咒對方了。爲了表示主人家的器量，林晟立即喝令弟弟向對方道歉。

原本這件事應該就此結束，偏偏那個男孩在回家途中出了意外，眞如林昱所說的死了。

林昱與那孩子吵架時所說的話，在場很多人都聽到了。結果男孩一死，眾人看林昱的神色都不對勁起來。

更有一些好事者，開始傳言林昱是不祥之人，說林昱從小就已經表現詭異，現在更能出口把人詛咒至死。

在很久以前，林家原本是個歷史悠久的術士世家，雖然後來已改爲從商，但家裡仍保存大量相關古籍。結果大陸文革期間，林家遭到打壓，家裡古籍皆被焚燬，林陽的父母遭活活打死；林陽也因此被迫離鄉背井，輾轉來到香港定居。

林陽本就是個不信鬼神的無神論者，父母又因爲存放風水書而白白丟了性命，令林陽更打從心底厭惡怪力亂神之事。

正因如此，林昱雖然從小便聲稱能夠看見鬼魂，甚至隨著這孩子的成長，還擁有一些不可思議的能力，但林陽從沒相信過他所說的話，只堅持林昱是患了精神或心理方面的疾病，這些年來從沒停止對他的治療。

可惜那些醫生的治療，卻造成了反效果。林昱本來已經因爲自身的能力，無時無刻揹負著沉重的壓力，而家人的不信任無疑是壓垮他的最後一根稻草。

勉強接受各種治療的結果，使林昱得了嚴重的憂鬱症，甚至還有自殺傾向。

到最後，完全不知該如何處理小兒子病情的林陽，實在沒有辦法，經朋友介紹找了間療養院。這間療養院專爲達官貴人而設，無論是照顧病人的品質，又或者是保密措施都做得很好。

林昱非常抗拒治療，他一直強調自己所見所聞並非幻覺，都是眞實存在的東西。後來林昱更開始胡言亂語，控訴療養院的院長、同時也是主治醫生的洪卓軒意圖傷害他。

林陽曾爲此事做過調查，但無論是對林昱的治療過程還是用藥，都沒有查出任何問題，而林昱身上也沒有遭到傷害的痕跡。何況洪卓軒與林昱無仇無冤，根本沒有害他的理由。最終林陽推想這是林昱抗拒治療的手段，調查便不了了之。

當時林家所有人中，林昕是唯一相信林昱說詞的人。她一直勸說父母，希望能夠把弟弟從療養院裡接出來，可惜始終沒有獲得林陽的同意。

有一天，林昕到療養院探訪林昱時，竟試圖幫助林昱逃跑！

雖然院方及時發現，把二人抓回來，但林陽知道後暴跳如雷，把林昕關在房間，要她閉門思過。

林晟還記得，當他前往妹妹的房間想要勸她向父親道歉時，林昕就像抓住救命草般緊握他的手，哭著哀求：「大哥，你要幫我們！小昱說如果不讓他離開那間療養院，他會死的！」

但當時林晟並沒有把林昕的話放在心上。雖然林晟非常疼愛弟弟，可是說留在療養院會危及性命，這種話聽在林晟耳裡只覺得太誇張，又怎會相信呢？

林晟當然也不想一直讓林昱待在療養院裡，可是現在因爲林昕的介入而使事情變得複雜。林晟並不認爲在林陽被雙胞胎惹得勃然大怒之際插手會是個好時機，因此拒絕了林昕的懇求。

結果當天晚上，林昱自殺了。

少年從療養院的頂樓一躍而下，當場死亡。那一年他只有十七歲。

當林晟聽到這個噩耗時，不知爲什麼，腦中浮現出林昕當時對他的哀求。

是林昕知道了什麼嗎？還是這只是一場意外？

林晟想詢問林昕，然而那時候正處花樣年華、原本朝氣蓬勃的林昕卻忽然變了個人。以往愛笑愛鬧的女孩變得一聲不響，看著素來敬愛的大哥時，眼神中更透露著赤裸裸的恨意，彷彿正無聲地指控。

你們爲什麼不相信林昱？

爲什麼不讓他回家？

是你們逼死他的！

接著在林昱出殯後，林昕便離家出走了。

其實剛發現林昕離家時，立即派人尋找還是可以將人找回來的。然而那時林陽卻負氣地說道：「不要找她！她不是說是我們害死小昱嗎？這種不懂事的女兒我也不想要了，既然她要走，就由她走好了！她不想當林家人、決心離開這個家，那我就當作從未生過這個女兒，省得到時候把人找回來，又多一個鬧著要生要死的！」

異眼房東の日常生活

第七章・部署

說到這裡，林晟嘆了口氣：「過了一段時間，我偷偷派人尋找小昕，可惜卻已經打聽不到她的消息了。小昕從小便是個聰明的孩子，事情又過這麼久，要是她真有心躲起來，我們是很難找得到她的；更何況父親鐵了心不認這個女兒，我也無法光明正大地動用林家人脈來找人。此後，父親對林昕與林昱的存在隻字不提，彷彿從沒有過這對兒女一樣。」

林晟繼續說道：「一開始找不到小昕的時候，我也沒有太焦慮。當時我想著這樣也好，讓她與父親分開來冷靜一下。一個女生在外面獨自生活不易，小昕自小嬌生慣養，受不了苦自然就會回來。想不到她的脾氣比父親還要倔強，這麼多年竟然一直了無音訊。」

「這些年來，我從來沒有放棄尋找小昕。當我終於打聽到她的消息時，她卻已經過世，還結了婚、生了孩子，而丈夫在今年去世，留下一個剛成年的孩子。」

聽到這裡，安然已經明白來龍去脈，問道：「所以，你便讓鋒哥他們來租住我家，乘機接近我？」

安然一直覺得很奇怪，林鋒就算了，但以林俊平常的穿著來看，怎樣都絕對是個有錢人家的少爺，爲什麼會選擇租住自己的小公寓？一開始林俊說是爲了逃避婚約而離家出走，可是與王欣宜達成共識後，林家兄弟卻完全沒有離開的打算。

安然猜想過各種可能性，卻從未想到他們彼此竟然是表兄弟！

對於安然的詢問，林晟坦然地點點頭，並沒有隱瞞他當初的打算：「是的，雖然已經確定你是小昕的兒子，但我還是讓阿鋒取了你的頭髮來驗ＤＮＡ，確保萬無一失。另外，我也讓他們觀察你的人品，並想知道你對林家的看法。畢竟當年小昕是懷抱恨意離家的，如果你能獲得阿鋒他們的認同，那自然是找個機會接回林家；要是人品不過關，又或者對林家抱有怨恨，那我便不會公開你的身分，只會在暗處守護，確保你一生順遂、生活無憂。」

聽到林晟的話，雖然也知道對方的做法其實沒錯，但安然還是對此有點小小的怨氣：「所以現在你們把我帶到林府，並且向我說出母親的往事，是願意接受我這個親戚了？我說……你們的考核期也滿長的嘛！」

安然一想到在燒屍案與林俊一同出生入死後，林鋒他們便已表明把他視作兄弟；但從那時候起，至今也有半年多了，對方卻一直沒有對他表明身分？

也就是說，其實林鋒他們一直在觀察他、並未眞正承認他這個兄弟嗎？

看出安然不高興的原因，林鋒解釋：「當時我還不太清楚你的身分，也不知道上一代的瓜葛。即使如此，我早早便向父親坦白將你視爲兄弟，不會做出傷害你的事情。」

聽到林鋒的解釋，雖然對於林家兄弟隱瞞了自己那麼久這一點，安然仍然覺得有點小鬱悶，但還是接受他們的歉意，沒有緊抓著這事不放。

安然的反應讓林家兄弟暗暗鬆了口氣，心想還好安然總是很好說話，沒有遺傳到林昕的固執。

「我雖然明白你們沒有立即認我的顧慮，可是也不用觀察這麼久的時間吧？你們拖到今天才把事情告訴我的理由，是因爲林老爺子嗎？難道過這麼久，他仍未原諒母親？」

雖然安然現在已經知道林陽是他的外祖父，不過一時間卻改不了口，仍是稱呼對方爲「林老爺子」。林晟等人也體諒安然的感受，並未對此多說什麼。

「自從小昕負氣離家出走，父親雖然表現出一副滿不在乎的模樣，但其實也被她傷透了心。還有小昱的死……如果說，以前父親只是不相信鬼魂之說，現在則是生出遷怒的心理，對此事深惡痛絕。這段時間我一直努力說服父親放下心結，原本父親已經對小昕的事情有點動搖了，偏偏安然你有著與小昱相同的能力……」說到這裡，林晟嘆了口氣，便轉移話題：「另外，我有件事情無論如何也要先詢問你的想法。安然，你會怪我的父親嗎？怪他害死小昱、把你母親逼得離家出走？」

林晟有這種顧慮並不奇怪，畢竟誰也不知道安然會怎麼想。萬一他知道眞相後對林陽心生怨恨，那不如一開始便不要認這個孩子。

林陽已經因爲林昕的怨恨而耿耿於懷，如果連林昕的兒子也把他視作仇人，林晟實在難以想像父親會有多難過。

安然想了想，道：「其實身爲父母，林老爺子的做法也不算是錯，對於兒子的不尋常，他努力尋求治療的方法。對於自己無法理解的東西，很多人都會覺得那是『異類』、是『不正常』，但他從來沒有放棄過林昱，這已經很不容易了。更何況還有那些精神科醫生，言之鑿鑿地說自己兒子有病、必須治療，林老爺子不相信『患病』的兒子也情有可原。也許，他只是以自己的方法來保護孩子罷了。」

對於上一代的恩怨，安然很難說得清楚到底誰對誰錯。站在孩子的立場，正因爲林陽不相信他們，才會造成這種悲劇；可是以父親的角度，則是兒子受疾病影響而自殺，叛逆的女兒不了解他的苦心而離家出走。

安然一番話說得誠懇，每一句話都誠心誠意，林晟等人不禁鬆口氣，至少安然對這件事的觀感是理智的。那麼，他們只要搞定林陽就好了。

「其實，父親也後悔了吧？雖然他的性格火爆又固執，但要不是有父親的默許，我尋找小昕的過程絕不會如此順利，父親大概也是希望我把小昕找回來吧？」林晟道。

安然聞言點了點頭，覺得自己的母親如果沒有過世的話，應該也後悔當年一走了之的決定吧？

不過這父女倆的性情何其固執，如果沒有一個台階給他們下，即使再後悔，他們一輩子也不會主動去尋找對方吧？

「我無法忘記小昕在小昱過世後的那段日子裡，所表露出的寂寞、悲傷與怨懟。有時候我忍不住會想，如果當初我答應小昕的請求，把小昱帶離那間療養院，是不是就不會有之後的悲劇呢？這些年來我最大的願望，就是找回流落在外的妹妹，好好照顧她。雖然現在小昕已經不在，可是我們卻找到了你——小昕唯一的孩子。安然，你願意認我們這些親人嗎？」

安然並沒有立即回答林晟的話，而是一臉猶豫地問：「現在把我認回去，那一位……已經想通了嗎？」

想不到安然既沒有欣然答應，也未一口拒絕，反而是顧慮林老爺子的想法。林晟聞言露出愕然的神情，隨即打趣笑道：「怎麼？怕老爺子用掃帚掃你出去嗎？」

「不是的……我不是有著與林昱一樣的能力嗎？如果林老爺子無法接受，我可不希望被人認爲是神經病而關進療養院。可如果他接受我的能力……那豈不是也間接承認當初林昱說的話是眞、林老爺子要爲他的死亡負責嗎？」

安然心想，其實林陽之所以如此抗拒鬼神之說，甚至在林昱死後對此深惡痛絕，遷怒也許是其中一個理由；但最大的原因，便是如果林陽承認這個世界眞的有鬼魂的存在，那就表示當年他對林昱所做的事有多麼殘忍。

林陽現在都一把年紀了，他還承受得住這個打擊嗎？

看出安然是爲林陽擔憂，林晟很欣慰妹妹的兒子是一個如此善良的人，說：「原本我也是因爲顧忌父親的身體，一直猶豫是否該隱瞞你的存在。可是現在，卻有了不得不公開的理由。」

說罷，林晟再度把視線投放在林昱的病歷上。瞬間，這位原本讓安然覺得慈祥溫和的長者，身上透露出一股銳利的殺氣。

只見林晟用著冰冷無比的語調說道：「我認爲當年那間療養院，誠如小昱所說的，確實存在著古怪！」

安然聞言，立即想起林昱經常提及，那個要對他不利的醫生。

如果林昱的能力是眞的，而且並未患有任何精神疾病，那麼，他對那個醫生的指控很有可能確有其事。甚至林昱的死亡，也許並非是單純的自殺！

隨即林晟便與安然討論了他們的打算。林晟自然不會允許自家弟弟死得不明不白，因此調查當年的事情是一定的。

當年住在療養院裡的病人非富即貴，以全天候看護爲賣點的療養院，出現命案後事情鬧得很大，再也無法經營下去。療養院的院長、同時也是主治醫生的洪卓軒很快便把療養院轉手，隨即失去行蹤。

而現在，洪卓軒是最大的線索，林晟正努力尋找這人的行蹤。這麼大的動靜不可能瞞著林陽，而林晟也不敢隱瞞。

林昱與林昕是林陽的心結，萬一將來讓林陽知道林晟他們竟然瞞著他調查二人的事情，還不氣死他？

何況林晟仔細想過，如果療養院眞有古怪，那對林陽來說反而可能是件好事。林昱當年或許根本沒有患病，他所看到的全是眞實存在的東西。如果這件事情讓林陽知道，他必定對此自責不已。

但如果有人在林昱的事情上擔任了「壞人」的角色，林陽知道眞相後也許會內疚自己爲什麼不相信兒子的話，可是更多的，卻是能將怒氣發洩在那個害死林昱的醫生身上。

另外，林晟也不打算貿然把安然帶到林陽面前。他今天只是先探探安然的口風，看看這孩子對當年事件的觀感。

現在確定安然並沒有因母親的事對林家心生怨懟後，林晟他們要做的，便是全力搜尋洪卓軒的下落，並努力對林陽做心理建設，以求他們把安然的存在、林昱的事情告訴林陽時，這名固執的老人不致於太難以接受。

當然，對老人家做心理建設、調查療養院、追蹤失蹤醫生等等，這些充滿技術性的任務，可不是安然能勝任的。安然的生活仍舊照樣過下去，多了一門親戚，對他的人生來說，暫時並沒有太大影響。

唯一的變化，便是林晟邀請安然，在新年時與他們一起到林家位於北京的老宅過年。

距離新年還有段時間，雖然安然對於要與那位脾氣不好、個性固執的老人見面感到有點緊張，可是想到逃避並非解決問題的方法，而且那一位性格再固執，總不會眞的把他關進療養院吧？

相較於認外祖父的緊張感，安然比較在意的，卻是林昱死亡的眞相。

他現在幾乎已經確定，那張只剩一半的照片上，與自己長得一模一樣的男孩子，便是他的舅舅林昱。

都說外甥像舅舅，何況林昱與林昕還是雙胞胎姊弟，而安然的長相遺傳自母親，因此當安然看到林昱的照片時，才會有種彷彿在看自己照片的熟悉感。

安然腦海裡，不期然地浮現出那張泛黃的舊照片。照片裡微笑著的林昱看向鏡頭，看起來就只是個普通少年；因爲照片被撕掉了一半，站在林昱身旁的人只留下衣角，完全辨認不出與他合照的人到底是誰。

這張照片出現在父親的遺物中，難道是母親留下來的東西？

那麼，與林昱合照的那個人，會是母親嗎？

既然如此，這張照片又爲什麼會被撕去一半呢？

腦中閃過眾多疑問，安然覺得知道的事情愈多，接觸到的問題便愈是剪不斷、理還亂。

現在無論林昱還是林昕都已不在人世，要弄清楚事情的眞相，還是得林家出手來調查吧？

獲得的資訊太少，很多東西還須繼續調查，安然相信自己即使再多想一萬年也理不出頭緒，因此果斷地決定放棄。反正林家財雄勢大，他就不插手蹚渾水了。

林家眾人向安然坦白眞相後，便暫時放下這個嚴肅的話題，引著安然到飯廳共進晚餐。

雖然這一天是平安夜，但不是基督徒或天主教徒的林家人，顯然對這個在香港已變得非常商業化、不知道到底是歌頌耶穌還是聖誕老人的節日無感。晚餐依照慣例吃著中式的菜餚，並沒有因爲西方節日而特地改吃西餐。

林家有專門負責料理三餐的廚師，晚餐菜色非常豐富。雖然不是鮑魚海參魚翅那種誇張的程度，但魚類肉類樣樣不缺，而且食物賣相全都非常精緻，作爲配菜的胡蘿蔔還雕了花呢！可以看出這絕對是出自於追求色香味的專業廚師之手。

吃著這些精緻又美味的食物，安然想起自家小窩，以及自己做的簡單家常菜，深覺林家兄弟搬過來與他同居這麼久，實在是吃苦了。

其實林家兄弟在安然家的生活，並沒有安然所想像的難以忍受。畢竟食物再怎樣雕琢、用料再怎樣名貴，卻還是以味道說話的。林家的廚師雖然專業，但安然的廚藝卻也不差，有著別於精緻的溫馨簡約。

飯後有傭人端上一盤水果，一片片水果削皮去核切片後盛放得整整齊齊，碗筷自有人收拾清洗；安然舒舒服服地吃著飯後水果、看著電視，充分體驗了有錢人回家後有傭人服侍的感覺。

本身已很有自主能力的林鋒就算了，對於當初把林俊這個從十指不沾陽春水的大少爺，調教成洗碗拖地晒衣服都難不倒的家務小能手，安然就覺得很有成就感。

就在安然自我感覺良好地暗爽時，他的手機響了。

安然看看螢幕上的來電顯示，竟是前兩天一直找不到人的唐銘，立即抓起手機向眾人交代了聲：「我接個電話。」便走到露台按下接聽鍵。

「喂，安然，抱歉我現在才看到未接來電的顯示，你找我嗎？」

聽到唐銘說話的語氣如常，安然暗暗鬆了口氣。先前安然想詢問王欣宜的事情，可是對方一直沒有接聽他的電話，還有點擔心唐銘是否因為小肉本的事情而故意疏遠他。現在對方回電，總算證實是安然多想了。

唐銘沒有提及小肉本的事情，安然自然也不會主動提起。兩人都很有默契地裝作沒這件事，以免彼此尷尬。

「是這樣的，有些事情想要請教一下……」安然其實覺得很不好意思，自己與唐銘並沒有多大的交情，也許對唐銘來說，這只是在電話裡動動嘴巴的小事，但老是麻煩人家畢竟不太好。

即使沒有小肉本這件尷尬事，安然本來已經決定，即使再發生事情也盡量不去打擾唐銘了。

可偏偏這次出事的人卻是王欣宜。如果事情發生在安然自己身上，也許他咬咬牙忍耐就算了。但事關少女的安危，安然反倒比自己的事情更加在意，結果猶豫再三，還是打了電話向唐銘請教。

把前兩天在學校遇到的事敘述一遍後，安然充滿歉意地說道：「總是這樣麻煩你，眞是不好意思。」

電話另一端的唐銘輕笑道：「你不用這麼客氣，你是天華的朋友，又是我的客人，而且我還欠你一個護身符呢，這就當作是利息吧！」

說罷，唐銘的嗓音收起笑意，變得嚴肅起來：「不過你朋友的事情還眞有點棘手。因爲沒有看到她本人，我現在無法確定她的狀態，但依照你剛才的敘述，我認爲先前上她身的鬼魂並未離開。」

聽到唐銘的話，安然的心立即提了起來：「爲什麼會這樣認爲？」

唐銘解釋：「據你所說，你的朋友平時並沒有見鬼的能力，可是自從被鬼上身後，她卻突然看得見了。一個沒有陰陽眼的人，突然變得能看見鬼魂，有幾種原因。一種是像安然你這樣，這種能力涉及一段因果；又或者那個人的時運低，或是遇上的鬼魂特別凶猛，令人能夠短暫看見祂們。還有另一種狀況，就是看見鬼魂的人，其實是透過鬼魂而得以看到靈界的事物。」

安然聽得有點摸不著頭腦：「你的意思是，欣宜她是透過附在她身上的鬼魂看見別的靈體？可是假設那女鬼沒有離開，但鬼魂也應該是在她的體內，那欣宜又是如何透過祂來看見鬼魂？難道那鬼魂還能包裹著她嗎？」

說罷，安然腦海中開始幻想著一個透明狀的特大號旗袍女鬼，而王欣宜則像果凍內的水果般，被包裹在鬼魂裡……

這麼一想完全恐怖不起來啊，而且還很有喜感！

「所謂鬼魂並不是實體的東西，你可以把祂們想像成一股獨特的『氣』。這股氣能擾亂人原本的氣場，就像安然你也……」說到這裡，唐銘頓了頓，卻沒有把那句話說完：「當然我也不排除別的情況，可是你的朋友才剛被上身不久，便突然有了見鬼的能力，我覺得這種狀況比較有可能。」

安然原本一直疑心王欣宜的事情並未結束，現在聽到唐銘這麼說，他也傾向旗袍女鬼仍然附在王欣宜身上的說法。

先前王欣宜在鬼魂的影響下尋短，當時要不是安然在身邊，她說不定就這樣跳了下去。想到這裡，安然頓時急了：「那怎麼辦？我的朋友會有事嗎？」

唐銘安慰道：「你先別著急，你不是說她接下來都表現得很正常嗎？依我看，那鬼魂也不是存心想要害她，只是她一開始無法適應鬼魂死氣的影響，所以才萌生輕生的念頭。現在她與那個鬼魂也共存了兩天了吧？既然這兩天她們能夠相安無事，那暫時應該不會有太大的問題才對。不過人鬼殊途，被鬼魂附身，她的精氣神會逐漸受到損害，長久下去會發生什麼事情還真不好說。近期我比較忙，可是能夠介紹擅長這方面的師父給你。趁事情仍未惡化以前，你帶她到我這裡看看吧！」

「好的，麻煩你了！」

異眼房東の日常生活

第八章・分離的戀人

與唐銘道別後，安然想著事不宜遲，立即撥打王欣宜的電話。然而電話一直無人接聽，最終被轉至語音信箱。

安然再打了一次，依然是同樣的狀況。

這讓安然心裡生起一絲不安。王欣宜有著現在一般年輕人的通病——手機不離身，這丫頭就連吃飯時也不忘把電話放在餐桌上，甚至洗澡也會把電話帶進浴室，一點也不怕弄濕手機。

平常安然打電話給她，響不到兩下王欣宜就會接聽，哪會像今天這樣任由電話響到轉至語音？

當然安然不排除王欣宜是真的有事在忙，因此才沒有接聽，可是心裡卻總有一股陰影揮之不散，驅使著安然要親自確認王欣宜的安全。

安然以前一直不相信直覺這種虛無縹緲的東西，可是自從能見鬼之後，安然對這些無法確定的東西，卻有了「寧可信其有，不可信其無」的心態。正因如此，現在有了不祥預感的安然，不禁對王欣宜的狀況擔憂起來。

就在安然想再重撥一次之際，眼角餘光掃過身旁的窗戶，卻驚見玻璃窗上反映出來的，除了獨自站在露台上的自己，竟還有個應該不存在的身影！

玻璃窗很光滑，清晰地反映出露台的景物。安然清清楚楚看到站在自己身後的少年，有著一張與他非常相似的容貌。

是林昱！

瞬間察覺到這個多出來的身影是林昱以後，安然突然沒了懼意。

雖然安然一開始看到背後多出一道人影時，難免被嚇了一跳；然而看清楚是林昱後，安然不只迅速冷靜下來，甚至還萌生試圖與對方溝通的想法。

明明第一次看到林昱時自己還嚇得半死，但也許是知道對方是過世的親人，也許是因為林昱與林昕之間的感情特別好，安然下意識覺得林昱不會傷害他。

安然才剛張口想與林昱說話，卻見玻璃窗反映的景色倏地一變。

雖然只持續了短暫的幾秒，但安然已看清楚突然出現的影像，以及影像想傳達的東西。

只見原本映照在玻璃窗上的露台景色不見了，瞬間轉換成教室內部的環境。

這間教室的擺設安然並不陌生，不久前他才與王欣宜一起到這裡拿東西，那把

作爲遊戲道具的紙傘，還與其他道具一起堆放在這裡呢！

安然連忙回頭看看四周，卻見自己確實仍身處林家露台，只有玻璃窗上反映的景色改變了。光是看著這影像，安然生出一種自己正站在教室內、面向著窗戶，從玻璃窗倒影中看著一切的錯覺。

此時，有人走進教室裡。

是王欣宜！

影像到這裡便回復正常，安然看到自己「回到」露台中，身後也沒有林昱或王欣宜的身影。

這到底是什麼？

難道是某種預警嗎？

還是欣宜眞的去了學校裡？

安然直覺認爲，如果王欣宜眞的出事，也會如映像所顯示般在校園中。

心緒不寧之下，雖然覺得現在離開有點不禮貌，但安然還是決定到王欣宜的學校看看。

對於安然突然說有急事得先行告辭，林家眾人雖然覺得有些訝異，但也不太在意，只叮囑安然新年記得預留時間，與他們到北京的老宅一起過年。

林鋒和林俊本來打算與安然一起離開，不過此時安然正打算潛入王欣宜的學校，這事他暫時不想讓林家兄弟知道。畢竟現在什麼事情都還未發生，說不定只是他杞人憂天，何況唐銘還幫忙約了可靠的師父，鬼魂方面的事情並不是愈多人插手愈好。

因此安然拒絕二人的陪同，要他們留在林家多陪陪父母。

林鋒他們見現在天色尚早，何況今天是平安夜，雖然家裡並不重視這個節日，但既然都回來了，也應該如安然所言，多陪陪父母；再加上安然已是成年男子，又不是大姑娘，他們也沒什麼好擔心的，便不再堅持。

離開林家後，安然拒絕了司機的接送，獨自搭計程車來到王欣宜就讀的中學。

晚上的校園空無一人，黑漆漆的讓人感覺陰森。即使學校還留有一些聖誕派對的裝飾尚未拆除，安然也完全無法感覺到絲毫節日的氣氛。

攀越圍欄進入學校時，原本安然還擔心會遇上駐校的校工，幸好潛入至今沒有碰見任何人。

不過想想也不覺得奇怪，學校裡又沒有什麼讓人流連忘返的東西，那些校工可不會在晚上整個校園到處跑。

因為進入學校時意外地順利，加上四周沒有校工巡邏，安然也就沒一開始那般畏首畏尾，甚至還拿出手機來照明，不怕被人發現。

藉著手機的光線，安然的視線漫不經心掃過學校牆壁時，頓覺遍體生寒，全身的血液也彷彿凍結一般。

學校其中一面牆壁上，繪有一幅由學生創作的大型壁畫，內容是以卡通的繪畫方式，畫了一群手拉手站在一起的孩子，地上有七彩斑爛的花朵，天上有藍天白雲與艷紅的太陽，是一幅可愛又溫暖的作品。

現在的壁畫看起來其實並沒有多大改變，在手機燈光的照射下，花朵仍是那麼色彩繽紛，卡通臉的可愛孩子依舊笑得燦爛。只是……那些孩子們全部改變了位置，從壁畫的底部騰空。

看起來就像一群小孩子臉上掛著可愛的笑容，被集體吊在半空一樣！沒有任何的血腥，可是這情景怎麼看都令人毛骨悚然！

安然立即想起最初看見那個旗袍女鬼時，也是懸吊在吊扇上……

欣宜眞的出事了！安然腦海中立即冒出此想法。

安然不知道這幅壁畫的異常是否想要警告他、讓他知難而退，又或者對方只是單純想要昭示自身的存在。但即使眞的有危險，安然顧及王欣宜的安危，無論如何也要往教室走一趟！

安然一口氣跑至四樓，來到鬼手出現的位置，才氣喘吁吁地放緩速度。這一次安然很順利便通過四樓樓梯，並未發生任何意外，也不見那隻十指纖弱、讓人打從心裡發寒的鬼手。

當安然成功衝至王欣宜的教室時，一眼便看到自己正尋找的王欣宜就站在教室中，盯著那把放在後排課桌上的紙傘呆呆發怔。

「欣宜！」

王欣宜對安然的呼叫聲恍若未聞，她看也不看身後的安然一眼，逕自伸手把放在桌上的紙傘拿起來。

在少女將紙傘撐開的瞬間，安然驚愕地看到王欣宜的背影突然變成了一個身穿紫紅色旗袍的女子！

明明前一秒還是王欣宜，眨眼間卻完完全全變成另一個人！

安然愣了愣，隨即大驚失色，立即衝上前一把拉住對方手臂，力道之大，不光讓少女一個踉蹌站不穩，手中的紙傘也脫手而出。

從上方落下的紙傘正好擋住安然的視線，當紙傘落在地上時，被安然抓住手臂的人，已經變回了王欣宜。

安然還未從因少女瞬間轉變的驚訝中恢復過來，便見王欣宜的雙眸流下了兩行清淚，面對安然無聲哭泣著。

「欣、欣宜？怎麼了，有哪裡不舒服嗎？」

安然手足無措地詢問王欣宜，但少女就只是默默地流著眼淚，那副無聲哭泣的模樣特別楚楚可憐，看得安然心都疼了起來。

王欣宜像完全聽不到安然詢問似地，低垂著眼簾，垂首看著掉落地面、依舊呈打開狀態的紙傘。

安然想到方才王欣宜剛打開紙傘、背影便瞬間變成穿著旗袍的模樣，他不知道這把紙傘與那名停駐在王欣宜身上的鬼魂到底有無關聯，可是安然深怕這紙傘是改變王欣宜的原因。趁著王欣宜發呆之際，安然決定先一步拿走紙傘，杜絕少女再次接觸它的可能。

然而當安然的手碰到紙傘的瞬間，腦海中突然閃過眾多影像！

他彷彿看著一齣無聲的電影，而電影的其中一名主角，是那個身穿紫紅色旗袍的鬼魂！只是此刻女鬼的長相較爲青澀、變成了少女時期的模樣。

看著四周景色與人們的衣裝，影像中的時空顯然並非安然現在身處的時代，而是民初時的景象。

只見少女拿著紙傘在河邊漫步，突然一陣強風吹來，紙傘從她的手中脫手而出。眼看紙傘就要掉進河裡，一名路過的少年眼明手快地抓住了被強風吹至半空的紙傘。

這是他們的相遇。

然後影像一轉，二人的年紀明顯大了幾歲，少女成長爲一名美艷的成熟女性，身上的衣服也換成一件洋裝。當年那名略帶青澀的小伙子則已成爲器宇軒昂的青年，撐著紙傘爲愛人遮擋刺眼的陽光。

即使安然只是名旁觀者，也能從對方幸福的笑容中，感受到他們對彼此的深深愛意。

然後影像再次轉變，二人仰首看著天上燦爛的煙火時，男子微笑著撐開手中的紙傘。

天上猛然炸開的煙火點亮了漆黑的天空，在那明亮的瞬間，紙傘上透出二人深情擁吻的剪影。

一切是如此的美滿幸福。就連原本心裡滿是焦慮的安然，也逐漸被二人共處時的情意所感染，不禁露出微笑。

場景再一次轉變，然而這次的場面卻不再美好。

女子身處停屍間，趴在已成爲屍體的青年身上，崩潰地嚎啕大哭！

安然還來不及爲這突如其來的轉變而吃驚，場景很快又再度轉變。女子身穿與戀人初次相遇時的紫紅色旗袍，手拿著紙傘獨自在河畔緩步而行。

相較於當初二人在這裡初遇的情景，更顯得女子此時的形單影隻。場景的轉變愈來愈快，而安然能夠看見的片段卻愈來愈短。最後一幕，是女子回家後，在自己家裡的吊扇上吊頸自殺。那把作爲她與戀人定情之物的紙傘，正擺放在她的屍體旁邊……

當安然從幻象中清醒過來時，還一時間弄不清楚自己究竟身在何處，直至手背感覺到一陣溫暖的觸感，才從幻象的影響中恢復。

回過神的安然，首先看見一隻比自己小而白皙的手，正安慰地按在自己的手背上；順著手臂看過去，只見因哭泣而雙眼通紅、卻已恢復神智的王欣宜，正一臉擔憂地看著自己。

「我沒事了。」感覺到安然擔憂的視線，王欣宜勾起嘴角，扯出一抹笑容。少女的眼睛紅得像隻小兔子，長長的睫毛上還掛著細小的淚珠，強顏歡笑的模樣更是惹人愛憐。

安然不由自主地反握王欣宜的手臂，把人拉進懷裡。此刻他滿心只想安慰一臉悲傷的王欣宜，顧不得手中的紙傘因他的動作再度掉落地上。

王欣宜把臉埋在安然的胸口，傳出來的嗓音變得悶悶的：「安然。」

「嗯？」

「我想幫助她。」王欣宜緊緊回抱著安然：「她說她很想念他，想要再見戀人一面，可是卻找不到深愛的那個人，一直都找不到。」

通常，安然遇見鬼魂時，爲免引來麻煩，都是以「我什麼也看不見」的鴕鳥態度敷衍過去。

在安然的價値觀中，一直信奉著死者已矣、鬼魂不應該留在這個世上的想法。雖然有時候他也想要幫助祂們，但他只能「看見」而已，本身並沒有任何特殊能力。本身明明沒有能力，卻妄圖去做一些超出自身能力範圍的事情，安然認爲這顯然是不明智的行爲。

要是只有自己倒楣就算了，但自從能夠看見鬼魂後，安然沒有少麻煩身邊的人。他不是聖母，更不希望因爲自己的不自量力，而讓自己或身邊的人置身危險。

幾次插手鬼魂的事情，都是因爲安然不小心置身其中而無法抽身，只得硬著頭皮把事情處理妥當。

可是這一次，安然卻在還能全身而退的時候，主動選擇幫忙。

想要解決王欣宜被附身只是其中一個原因，主要是安然被鬼魂對戀人的深情感動。雖然安然並不贊同殉情，畢竟人的性命是很珍貴的，而且這種極端的做法也會傷害到很多在乎自己的人。可是對方那種至死不渝的情意，卻依然讓人動容。

尤其安然從幻象中看著他們相識、相知、相愛，不由得生出一種錯覺，彷彿二人是他親近的朋友，而他一直在旁守護、見證二人的愛情。

這讓看著整個過程的安然，無法對他們置之不理。

在戀人死去後，因爲承受不住天人相隔的痛苦，女方毅然決定追隨戀人而去。可是他們死後卻依然無法相見，這個結局實在太過悲慘了。如果可以，安然希望他們的靈魂至少能夠見上一面。

安然雖然心裡想要幫忙，可是卻不知道該從何著手，也搞不懂爲什麼那個身穿旗袍的女鬼死後看不見戀人的靈魂。

是因為青年的魂魄已經消散？是他已經投胎了？還是說，自殺的鬼魂所去的地方眞如電影那般，與別的靈魂有所不同？

如果可以知道那青年現在所在之處，那就好了。

這個想法才剛浮現，安然突然覺得眼前景色一轉，他看到旗袍女鬼的戀人、那個前一秒才想著要幫忙尋找的青年，正身處一條河流之中！

這條河流的水呈血黃色，給人一種非常陰霾深沉的感覺。安然光是盯著河水看，便覺得一陣撕心裂肺的悲痛，彷彿看到自己一生中經歷過的許多事情。

幸好這影像只出現短短幾秒，安然的眼前便恢復過來。要是時間再長一點，也許他已承受不了這種看著河水時，突如其來的悲傷感。

心裡害怕不已的安然鬆了口氣，卻在看到教室裡多出道人影時猛然一頓。

他看見了林昱，正站在紙傘旁邊！

然而不待安然做出反應，林昱的身影便迅速淡化，最終消失無蹤。

安然靈光乍現地喃喃說道：「是你……讓我看見的？」

「嗯？」王欣宜誤以為安然在跟她說話，歪歪頭、一臉奇怪地反問了聲。那副剛剛才哭過的模樣乖巧得不得了，一看便很招人疼。

　王欣宜一直是個很好強的女孩，此時難得露出如此柔弱的神情，安然實在有點招架不住這股吸引力。呆了呆，才接著回過神，說道：「我想，我大概知道她戀人所在之處的線索了……」

異眼房東の日常生活

第九章・天眼

此時，安然的手機響了起來。

「唐銘？」安然心想還眞巧，他才正打算打電話詢問唐銘，想不到對方就主動打來了。

「安然，你找到你的朋友了嗎？她沒事吧？」電話的另一端，傳來唐銘關切的聲音。

聽到唐銘的話，安然心頭一暖，道：「她暫時沒事了，不過有些事情我想向你請教一下。」

說罷，安然便把剛剛接過紙傘時所浮現的幻象，以及看到那名青年在河中一事道出。

王欣宜也看過女鬼的生前幻象，但對於那名青年在河裡的影像卻是初次聽聞。對於想幫助女鬼與戀人相會的決心，被女鬼附身、最能感受到對方情感的王欣宜絕不比安然少，現在聽到安然說及相關線索，便聚精會神地聆聽起來。

聽完安然的話後，唐銘沉默片刻，嗓音略帶沉重地說道：「相傳黃泉路上有座奈何橋，橋的旁邊有著記載每人前世今生的三生石。人要輪迴轉世，便要通過奈何橋；要過奈何橋，則要先喝忘情水；喝了忘情水，靈魂便會全數忘記今生經歷過的事情，包括所愛之人、痛恨的人，甚至執著的事情也會隨著喝下忘情水而忘得乾乾淨淨。我相信你們在尋找的靈魂，此刻正身處奈何橋下的忘川河之中。」

安然訝異地問：「可是鬼魂要投胎，不是得經過奈何橋嗎？爲什麼那名青年會在河裡？」

唐銘解釋：「如果魂魄放不下執著，不願意就此忘記今生最愛，祂們可以選擇不喝忘情水，但須跳進忘川河裡等上千年。在這漫長的歲月中，祂會看著至愛一次又一次從橋上走過；然而祂能看得見對方，對方卻是一無所覺，只能眼睜睜地看著對方喝下忘情水，把兩人的事情忘得一乾二淨，再度投入輪迴中。很多忘川河中的亡靈受不了年復一年地守候，愛情在漫長年月之間被磨滅至絕望，最終放棄等待，所以能等上千年的靈魂少之又少。」

頓了頓，唐銘續道：「即使靈魂能夠忍受千年的煎熬，保留生前的記憶，重入輪迴尋找曾經的愛人，可是對方卻已完全遺忘自己。只有一個人單方面的執著，兩人要重拾當年的愛戀，幾乎是不可能的事情，因此一般來說，很少有鬼魂會願意進入忘川河守候的。」

「可是那個人卻這麼做了。」聽完唐銘的解釋，已經大致明白情況的安然不禁感慨：「一人寧願自殺也要隨戀人而去，一人則在死後寧願進忘川河守候千年，也要保留記憶與戀人重逢。我無法評定這種做法的對與錯，卻無法否認祂們對感情的忠誠與執著。」

唐銘道：「依照你的敘述，那名女子是自殺而死。自我了結的鬼魂無法輕易輪迴，必須停留在死亡的地點，不停重複死時的痛苦，直至補償了違逆自然的罪孽，這是天道對輕視性命的靈魂的懲戒。」

安然了悟地頷首說道：「我明白了，所以那個女生在死後只能停留在原地，不停經歷死亡時的痛苦；而男生則爲了等待戀人，停留在忘川河沒有離開。結果二人都錯過彼此了。」

安然不禁心想，明明祂們都在爲了能重遇對方而努力，有著即使死亡、即使痛苦，也要再見上對方一面的執著與覺悟。然而正因這種執念，卻讓彼此無法相會。

如果女方沒有自殺，便能百年歸老後在忘川河遇見心心念念的戀人；如果男方選擇輪迴，也許再次爲人時，會經過女方魂魄所在的地方也說不定。

慨嘆之餘，安然隨即便想起自己第一次看見這女鬼時的情況：「所以這個教室在很久以前是她的家，也就是她自殺的地方？」

唐銘道：「應該是這樣沒錯。那柄紙傘勾起了祂對愛人的回憶，因而令祂在你們面前現身。另外，你的朋友正值運氣衰弱之時，因此便被乘虛而入，讓祂得以進入身體，試圖利用這種方式離開不斷重複的自殺之苦。」

「那……我們可以爲祂們做什麼嗎？」安然詢問。

「你們可以替那名女生舉行一場法事，讓祂能夠安息，並重入輪迴之中。至於那個男的……則要看祂能否放下了。祂如願在忘川河看到戀人經過奈何橋後，到底會繼續留在忘川河等候千年，還是與戀人一起重新投胎，就要看祂自己的選擇。」

就安然看來，他當然希望二人能夠放下，像一般人一樣輪迴投胎。畢竟勉強反抗生命的規則，一般來說都沒什麼好下場。不過這是祂們自己的選擇，安然也不會強行將自己的想法加諸在對方身上，擅自干涉別人的決定。

不然不要說是否投胎了，光是那女子自殺殉情的做法，安然便已不認同。

唐銘表示他已經找了一名擅長超渡、信得過的師父幫忙。可是旗袍女子所在的地點畢竟是學校，該如何讓學校批准他們舉行法事，就需要安然他們來解決了。

一直在旁聽著、已大約明瞭事情始末的王欣宜，立即表示這方面她可以負責。

在王欣宜決定轉校的時候，王家捐贈了一大筆錢給學校擴建圖書館，加上現在正值寒假，學校這段時間也不會有學生在。王欣宜相信由王家出面的話，校方一定會賣他們這個面子，畢竟這對學校來說並沒有任何損失不是嗎？

「如果可以，能否盡快安排？」安然有些不好意思地拜託唐銘。他自覺唐銘已經幫了自己不少事，尤其現在還是平安夜這種節日，要求他介紹的師父工作，好像有點不近人情。

可是女鬼至今依然附在王欣宜身上，這事情實在急不容緩。雖然安然覺得女鬼主要是想找他們幫忙，折騰王欣宜也對祂沒有好處。可是安然沒有忘記劉天華曾經說過，亡魂是殘留在世上的思念與執著，千萬別試圖與祂們講道理。

何況那女鬼一直糾纏著王欣宜，時間拖久了對少女也會有不良影響。這事情涉及王欣宜的安危，令安然不得不厚著臉皮麻煩對方盡快處理。

感受到安然話中的歉意，唐銘笑著寬慰：「應該沒有問題。那是位老師父，本就不喜歡過西方節日，而且他住的地方離你們不遠，應該一會兒便到了。我先與他聯絡，到時候請他直接打電話給你。」

唐銘的話讓安然喜出望外，立即感激地連連道謝。

接下來的事情便沒有安然的事了。王欣宜的父親簡簡單單地打了通電話，校方便答應了。

而唐銘安排的那位師父，確實如他所說，完全不介意在平安夜工作，對於這突然的工作欣然應允，並且很快便抵達學校。

跟隨那名師父後腳而來的，還有接到安然通知的林家兄弟。自從上次安然因隱瞞焦炭君的事而惹怒林家兄弟，被訓得抬不起頭以後，安然覺得往後有什麼事情，還是在適當時候向林家兄弟坦白比較好。

何況他們是王欣宜的表哥，一向把這個表妹視作親生妹妹般疼愛，要是有關王欣宜的事不是經由安然，而是從外人口中得知的話……這後果太可怕了，安然完全不敢想像！

當安然看到來學校的不只林鋒與林俊二人，就連林勇也被驚動時，不禁無比慶幸這次有把王欣宜的事情向林家「報告」。

與曾親身和安然一起經歷過怪事、早已相信鬼神之說的林鋒、林俊不同，林勇這麼多年來一直受著祖父厭惡怪力亂神的影響。林勇身爲無神論者，看著那名師父作法時的模樣不禁皺起眉頭，差點忍不住開口問這個在跳大神的傢伙是誰。

在林勇的眼中看來，這個設起祭壇、在王欣宜身邊邊燒香邊唸唸有詞，還很「活潑」地跳來跳去的老人，怎樣看都很可疑啊！

只是王欣宜沒有說謊的理由，加上又有安然這個證人在，她被鬼上身的事情應該不會作假。林勇看人很準，安然這個人性格老實，並不是擅長說謊的人，更何況是這種誇張的謊言。

另外，林鋒與林俊也信誓旦旦地證實安然的能力，而且還曾親身遇鬼過，因此林勇雖然總覺得這個老師父在裝神弄鬼，但仍什麼也沒說，還很合作地盡力配合儀式的進行。

與邊看邊在心裡吐槽的林勇不同，進行著的儀式看在安然眼中，卻又是另一番光景。

雖然安然完全看不懂這位師父的行爲，但這個由唐銘介紹而來的師父，顯然是有眞才實料的。安然看見隨著儀式的進行，王欣宜身上浮現出淡淡的、充滿死亡氣息的黑氣，隨即少女身上浮出雙重的輪廓。

除了王欣宜的容貌，安然還看見另一個身影若隱若現地與她逐漸分離，看上去，就像一虛一實的兩個身影重疊在一起，只是有些微偏移。

安然知道這是王欣宜身上的鬼魂，在超渡儀式中被淡化了怨氣，開始從少女身上移離的結果。

看到現在王欣宜的模樣，安然才確定陰陽眼是眞的無法看見附身時的鬼魂，這對他來說是一個頗爲新奇的發現。

當那名女鬼的身影完全離開王欣宜之際，安然感覺王欣宜的靈魂彷彿受到一陣無形的衝擊。他的動作快於大腦，在回過神來之際，便已衝上前抱住王欣宜往地面滑落的身軀。

因爲安然預先察覺到王欣宜的不適，因而先一步做出反應，就連林鋒的動作也不及他來得快。

見安然迅速衝上前將王欣宜扶住，林家兄弟在鬆了口氣的同時，也不禁感到些許意外。畢竟剛剛安然的反應未免也太快了，幾乎是王欣宜才剛顯露些許不適的神情，便已經衝了過去。

安然並沒有注意到林家兄弟的詫異，他此刻正全神貫注地盯著旗袍女鬼的一舉一動。然而還未見鬼魂有所動作，安然的視線便被一道光芒吸引。

那是一道潔白的光。安然覺得自己這輩子從未見過比這更加聖潔的存在。

恍惚間，安然聽到那名師父對女鬼說道：「妳現在看到那道光嗎？這是靈魂最後的歸屬。無關乎信仰與國籍，所有人的去處都是一樣的。只要跟著這道光走，便能夠到達妳該去的地方。」

看著那道接引的白光，女鬼艷紅的唇瓣動了動。

「他……就在那裡嗎？」

安然聞言嘆謂：「去吧！他等妳好久了。」

聽到安然的話，女鬼不再猶豫，上前投身進入那道潔白的光芒中。

王欣宜的暈眩只持續了片刻，在女鬼於白光中消失時，已然恢復過來。

「祂走了嗎？」沒有鬼魂附身的王欣宜再也看不見靈體，只得向安然詢問。

安然聞言，嘴角勾起一個欣慰的笑容，道：「嗯，祂走了，進入一道白光裡。」

獲得安然的確認，王欣宜鬆了口氣，露出一個大大的笑容。

此時，幾聲咳嗽破壞了二人良好的氣氛，只見林俊假咳道：「你們要抱到什麼時候？」

王欣宜這才發現自己正軟軟地待在安然的懷裡，連忙站了起來退後兩步，有點惱羞成怒地瞪了林俊一眼：「要你多事！」

原本在聖誕派對時，覺得安然與王欣宜兩人還要磨蹭很久才會在一起、自己將有好戲看的林俊，不是滋味地回答：「女孩子要矜持一點，你們抱在一起成什麼體統!?」

王欣宜挑了挑眉：「俊表哥你在嫉妒嗎？很可惜你已經被我休了！」

林俊被王欣宜的話氣得牙癢癢，卻又拿她無可奈何，不禁遷怒般地向安然低斥：「安小三！我看錯你了，你把欣宜抱得這麼緊做什麼？春心動了嗎？先前不是說只把欣宜當妹妹看嗎？」

安然一臉無奈：「你別因爲說不過欣宜，就胡亂遷怒別人。」

「請問……」此時，那名已圓滿完成任務的老師父，一臉複雜地向安然問道：「小兄弟，你剛剛……看到那道白光了？」

安然想到對方是「同道中人」，便點頭坦率地承認：「是的，我有陰陽眼。」

然而老師父的反應卻比想像中大，只見他倒抽一口氣，並露出凝重的神色。

看到對方的模樣，安然心裡隱隱生起不安的情緒：「是有什麼不妥嗎？」

老師父有些戒備地看了看在場的眾人，隨即向安然道：「我們借一步說話？」

安然愣了愣，立即想到對方大概是要故意避開林家兄弟，不想讓他們聽到接下來的對話。

想了想，安然回道：「如果接下來要說的是有關於我的事，我想在場都是我可以信任的人，所以不須迴避。」

「那好吧！既然他們都是你信任的人，那麼我直說了。不過爲了你的安全著想，你的能力最好別讓現場以外的人知道。」老師父道：「你所擁有的，並不是所謂的陰陽眼，而是天眼。」

「天眼？」安然聞言眨了眨眼。雖然他不清楚所謂的「天眼」到底是什麼，可是單聽名字，顯然比「陰陽眼」高檔多了！

老師父解釋：「根據《大智度論》記載，『天眼通者，於眼得色界四大造清淨色，是名天眼。天眼所見，自地及下地六道中眾生諸物，若近若遠、若覆若細諸色，無不能照。』就以那道引導靈魂的白光爲例，即使是我們這些修法的師父也無法見得，可是你卻能夠清楚看到鬼魂被接引至黃泉的情景，這正是你擁有天眼的證明！」

安然不由得想起，自己曾經看到旗袍女鬼的戀人守候在忘川河時的影像。能夠看見黃泉的景色，難道也是因爲擁有天眼的關係嗎？

可是，安然記得那時候他還看到了林昱。

還有，當時之所以趕來學校尋找王欣宜，便是因爲從玻璃窗上的倒影中，看到王欣宜身處教室中的影像。

那時候，安然也同樣看見林昱顯現了身影。

安然現在依舊弄不清楚，到底能夠看到這些東西，是因爲自己眞如老師父所說，擁有著天眼？還是因爲林昱？

不待安然多想，老師傅便告誡道：「天眼是非常稀有、而且很多人夢寐以求的能力。如果經過修練，能純熟地運用後，完全開發的天眼有著無法想像的能力。因此你這種能力最好不要讓別人知道，有一些邪惡的法術，是可以吞噬別人的修爲與能力的。要是讓那些修練邪法的術士，知道你這個沒有自保能力的普通人擁有天眼，那後果絕對不堪設想。」

老師父的話令安然心裡直打鼓，方才生起的眾多猜測也瞬間消散，滿腦子只剩該如何死命保護好自身能力。

見安然一副驚弓之鳥的模樣，老師父安慰道：「你也不用如此擔憂，一般來說，有無天眼，單從表面是看不出來的。你並非業內人士，平常保持低調的話，應該沒有人會特意去調查你才對。」

安然想了想，也覺得老師父說得有理。謝過對方的好意提醒，安然順手做了個人情，說道：「對了！這學校的四樓樓梯，還有個會把人弄得失足摔倒的惡靈。」

聽到安然的話，老師父立即感覺到又有生意上門了。不過學校方面，到底需不需要他幫忙除靈還眞不好說。畢竟這些機構財務運作比較麻煩，而且還要在乎外界的評價……

王欣宜聽到安然提及樓梯上的靈體，立即氣呼呼地道：「對！我怎麼會把祂忘掉呢？那隻鬼手壞死了，先前差點害得我們摔下樓梯呢！」

王欣宜這番話一出，林家兄弟聽到怎麼得了!?

學校可是王欣宜經常出入的地方啊，有這種東西在，簡直就是在學校設了一顆不定時炸彈！

林勇立即向老師父鄭重表示，請他先將那個靈體解決掉，他會直接把需要的款項、連同這次超渡的報酬一同匯款給他。

至於這筆錢是否會向校方追討？林勇推推鼻梁上的眼鏡，心想自己是個會吃虧的人嗎？

該是校方出的錢，事後絕對要他們一毛不少地吐出來！

事情總算圓滿解決，安然把紙傘放回原本的位置時，不禁雙手合十地許願，祈求那二人能夠成功相會。

看到安然的動作，王欣宜也跟著舉起雙手，閉上眼睛向紙傘拜了拜。

「大哥，怎麼了？」發現林勇盯著安然與王欣宜的背影，林俊奇怪地詢問了聲，卻在看到林勇的神情時，忍不住一驚。

林勇此刻的眼神，對林俊來說絕不陌生。每當林勇想要算計人的時候，鏡片後方的眼神便會變得如此詭異。要林俊來形容的話，那簡直是狐狸盯著雞的眼神！

「也不是什麼大事……我只是在想，剛剛安然並沒有否認你說的話。」說罷，林勇拍了拍林俊的肩膀，道：「去取車吧！」

「喔！」林俊依言取出車鑰匙，走了幾步後，才醒悟到林勇剛才話裡的意思。

他先前質問安然是否對王欣宜有著妹妹以外的想法時，安然並沒有否認！

一向心高氣傲的林俊覺得現在找個女朋友、脫離單身狗行列一事刻不容緩！
他絕對不要被安小然比下去！

異眼房東の日常生活

尾聲

當安然告別興致勃勃跑到四樓除靈的老師父，想要與先一步把車開至校門口的林家兄弟會合時，發現天下起了毛毛雨。

「喔，下雨了呢！還好我的雨傘一直放在教室裡。」王欣宜邀功似地搖了搖手上的摺疊傘。

安然微笑著把雨傘接了過來：「我來拿吧！」

王欣宜看著安然撐著雨傘、在雨中微笑等待她的模樣，突然停下了腳步，凝望著青年不知在想些什麼。

「怎麼不走了？」見王欣宜突然停下來，安然露出疑惑的神情。

卻不知道，王欣宜是看到他爲自己撐傘的模樣，突然間怦然心動。

眼前這個人雖然看起來呆呆的，長得既不英俊也不富有，可是卻意外地可靠，總是能在她需要的時候爲她遮風擋雨。

王欣宜的腦海中，不期然浮現出幻象裡男子爲戀人打傘時的情景，再想到兩人天人永隔、就連死後也無法相見，便生出要珍惜眼前人的感觸。

此時坐在駕駛座的林俊，搖下玻璃窗問道：「欣宜，怎麼還不走？」

王欣宜勾起了嘴角，笑著與林俊遙遙相應：「我來啦！」

隨即少女便走到安然的傘下，與他一起往前走。

看著王欣宜與林俊的互動，安然笑道：「妳現在已經不生阿俊的氣了嗎？」

這兩人終於和好，安然知道自己應該要替林俊高興，但不知爲何，見王欣宜毫無芥蒂地向林俊露出燦爛笑容時，卻感到有些不是滋味。

王欣宜聞言笑了笑，臉頰立即露出兩個酒渦，使燦爛的笑容變得更加甜美：「現在不氣了。其實我滿感激俊表哥的決斷，既然他不想與我結婚，那我就找別的好男人啊。我才不相信以本小姐的條件，會找不到比俊表哥更好的！三條腿的蛤蟆不好找，兩條腿的男人多得是。」

見安然失笑的表情，王欣宜拍了他的手臂一下：「別笑！我說認眞的！」

安然立即壓下彎起來的嘴角，安撫道：「我沒有笑妳，是很高興妳終於想通了。」

王欣宜一臉高傲地「哼」了聲：「我發現以前的自己眞是太傻了。女孩子嘛，不是本就該讓人來疼的嗎？下次我要找個對我好的男人，享受被人追求的滋味。」

安然沉默半晌，問：「這一次還是相同標準嗎？」

「嗯？」王欣宜不明所以地看向安然，看起來呆萌呆萌的。

「妳忘了嗎？第一次殺進我家時，不是列了好幾個選擇阿俊當未婚夫的理由嗎？」安然笑道。

王欣宜恍然大悟，這麼說起來好像確有此事。

安然問：「這一次，還是要找一個俊朗的帥哥嗎？」

王欣宜目不轉睛看了安然良久，隨即垂下眼簾輕聲說道：「不啦！帥哥容易花心，長相讓人看著舒服就好。」

安然再問：「那，還是要門當戶對的有錢人嗎？」

王欣宜撇了撇嘴：「那是我說著玩的啦！只要那個人對我好就可以了。」

安然笑著再問：「仍是要青梅竹馬、對對方知根究柢？」

王欣宜笑道：「這樣一來我就沒有多少選擇了，才不呢！」

說罷，少女頓了頓，便扳著手指數道：「這次我要找一個脾氣好、性情溫和、能遷就我的人，還會在危險時刻不顧性命安危地保護我；為人要細心，還有要喜歡做家事、懂下廚……」

王欣宜說著說著，聲音便愈變愈小，最後只見少女的臉紅了起來，像顆紅通通的蘋果。

對方的暗示都這麼明顯了，安然要是再聽不懂，就不是個男人了。

只見青年一雙眼眸柔情似水，話裡滿滿眞摯的誠意：「我的脾氣不錯，很少生氣，也願意遷就；遇上危險的時候，一定會盡力保護我心愛的人；很喜歡做家事，煮出來的東西味道也很不錯……所以欣宜，妳願意接受我的追求嗎？」

王欣宜皺了皺鼻子：「那要看你的表現了！」

看著傻笑頷首的安然，王欣宜沒有告訴他，其實她也對他心動了呢！

愛上他的理由很簡單，因爲那個人在最恰當的時機，爲她撐了一次傘。

《異眼房東的日常生活05》完

異眼房東の日常生活

番外・牆壁上的小門

這是安然一行人爲了查探焦炭君的死亡眞相，下榻在廣州飯店時發生的插曲。

在飯店大廳與昆西告別的同時，安然目擊到對方把妹的速度到底有多快。想到自己二十年無人問津的光棍生活，心情不禁變得鬱悶，就連因爲要住進王家恆曾住過的房間而產生的緊張感，也因此消散不少。

安然與陳清到達房間所屬樓層後，順著房號很快便找到此次的租住房間。王家恆當時住的是202號房，這也是安然這幾天將要入住的地方；而陳清則住在鄰近的203號房。

一般來說，房與房之間的距離都是固定的，但也許因爲樓房結構或設計的關係，某些房間的間距會變得比較寬。就像陳清即將入住的203號房，與204號房之間便隔得特別遠。

走在前頭的安然，前進的步伐倏地停下來，一臉驚訝地舉手指著203與204號房之間的牆壁：「唉？剛剛我好像看到有道人影閃過……」

把話脫口而出後，安然這才發現走廊裡只有他與陳清二人，只得搔了搔頭道：

「也許是我看錯了。」

陳清聞言，舉步走到２０３與２０４號房中間的牆壁前蹲下，並且仔細察看了起來。

看到陳清的舉動，安然無奈地說道：「清姊，我不是說剛剛自己眼花了嗎？妳不用這麼認眞……」

安然的話說到一半便停下來，只因他走到陳清身邊時，才發現這堵處於兩個房間之間的牆壁上，竟然有一扇小小的門。

這扇多出來的小門眞的很小，大約手掌般大小。即使如此，牆壁多出了一扇小門，理論上應該相當惹人注目才對，只是這扇小門被刷上與牆壁一模一樣的白色，加上門縫與牆壁十分緊貼，不細看根本不會發現。

小門上沒有明顯的把手，只有一個微微凹陷的位置；而小門所在的位置偏低，在成年人膝蓋以下的高度，一般人不仔細看的話，根本不會注意到。

陳清好奇地敲了敲這扇小門：「眞奇怪，這裡怎麼會有門呢？難道是消防裝置？」

安然道：「消防裝置都會標示並且刷上顯眼的紅色，以便出事時人們容易注意到，哪會弄得這麼隱蔽？我猜大概是飯店的工作人員用來存放私人物品的地方？」

陳清反駁：「飯店應該有員工存放物品的儲物櫃吧？這扇門那麼小，能夠放多少東西進去？算了，我們乾脆打開來看不就得了？」

安然雖然也很好奇，但仍是有點猶豫：「這……不太好吧？」

陳清對安然的反應嗤之以鼻：「有什麼不好？要是門裡面真的存放很重要的東西，又怎會設置在這種人來人往的地方？而且若真的不讓人打開，自然會鎖上這扇門吧？」

說罷，陳清便不再理會安然，伸手準備把門拉開。

小門並沒有上鎖，陳清稍微用力便打開了。然而看到門後的情景，二人全都愣住了。

小門後竟然還是一面牆壁！

而且不同於原本牆壁的白色，門後的地方塗上了鮮血般的紅色漆料！

「真是見鬼，既然什麼也沒有，誰這麼無聊特地在牆上弄出一扇門啊？故意要我的嗎？神經病！」陳清邊罵，邊伸手敲了敲門後的牆壁。隨著女子的動作，牆面傳來略帶空洞的「咚咚咚」三聲。

聽到敲打出來的聲音，陳清雙目一亮，興致勃勃地道：「安然，你覺不覺得這聲音聽起來很空洞？說不定牆後是空心的耶！你說會不會有寶藏藏在這裡？」

安然聳聳肩道：「要是門後眞藏有寶藏，那用水泥一塗、上了油漆後不留痕跡的，多省事。我不認爲會有人多此一舉，特地在藏有寶藏的位置弄出一扇門來。」

陳清也覺得安然說得有理，可她就是對這扇奇怪的門無法釋懷。先前打開時有多期盼、多興致勃勃，此刻心情就有多鬱悶，總覺得被人欺騙了感情啊……

這一天陳清過得意外清閒。爲免打擾警方的部署，因此現在陳清還未能進行採訪；與安然他們察看飯店的監視畫面，並在晚飯時商議過第二天的行程後，陳清便回到自己的房間梳洗休息了。

一般女生單獨居住飯店房間時，往往會因爲在陌生的環境過夜而有點害怕。但陳清因爲工作需求，早已習慣獨住陌生地方；應該說，她有時候爲了追蹤目標人物，還得整晚待在野外，現在能夠睡在飯店的房間裡，已經是很幸福的事情了。

要知道報社的報銷是有上限的，有時候爲了跟蹤目標人物，她經常住在那些既陰暗又狹小的小旅館。那時候陳清都沒有抱怨了，現在這飯店明亮又乾淨，她還有什麼不滿意呢？

至於像一般小女生因爲害怕黑暗，睡覺時不關燈的習慣，陳清素來嗤之以鼻。在她的心目中，要是眞有鬼，那開著房燈還是有鬼啊！而且亮光比鬼魂更加影響睡眠品質耶！

因此睡覺時，陳清會把房間的燈全部關掉，就連飯店設置在床頭的小夜燈也不例外。

隨著陳清關燈的動作，房內頓時陷入一片黑暗。當閉上雙眼的陳清意識開始迷濛之際，一陣吵鬧聲卻令她睡意全消，瞬間清醒起來。

陳清聽見床頭的位置隱約傳來了說話的聲音，她猜測是因爲牆壁比較薄、兩個房間的床頭貼得很近，因此隔壁的談話聲音才會傳過來。

雖然聲音不算很大，但還是頗爲煩人，害陳清遲遲無法入睡。

對方說話的聲調偏高，陳清猜測說話的人要不是女人，便是小孩子。

出現聲音的時候，陳清默默忍受了好一陣子沒有作聲。畢竟對方的音量不算高，又沒有大聲喧譁，心想對方一會兒應該也要睡覺了吧？

懷著這種想法，陳清並未立即向櫃檯投訴。然而談話聲一直沒有消失，說話的二人簡直一副要秉燭夜談的架勢。陳清實在被吵得睡不著，最終只得打電話到櫃檯投訴。

按下直接轉至接待處的「０」號碼，服務生很快便接起電話。陳清立即把事情告訴對方，希望鄰房能夠降低談話的音量。

聽到陳清的請求後，電話另一端的服務生問道：「小姐，跟您確認一下，您是住在２０３號房對嗎？」

陳清回答：「是的。」

「請問您所說的聲音確定是由鄰房發出的嗎？因爲２０４號房今天沒有入住記錄，房內應該沒有客人才對。」

陳清聞言愣住了：「可是我確定聲音是從那房間傳出的！」

對方續道：「好的，爲了安全，我會通知保全人員到２０４號房看看裡面是否有人。」

陳清也非常好奇，聞言連忙道謝：「眞是麻煩你了。」

結果經過保全人員查證，２０４號房裡確實沒有人；而保全人員前來時，那些談話聲便倏地停止，讓他們也無法尋找聲音的來源。

然而當滿腹疑惑的陳清回到床上時，談話聲竟然再次出現！

依舊是幾乎沒有停頓、持續說話的聲音。

依舊是令人煩躁、卻又聽不清楚說話內容的音量。

依舊是聲調較高，不知是女人還是小孩子的聲音。

陳清把耳朵貼在牆壁上聽了一會兒，仍然聽不出對方在說什麼，只是她很肯定聲音確實是從鄰房傳過來的。

然而２０４號房今天並沒有客人入住，剛剛保全人員上來察看時，陳清也有跟著過去，確定房內的確空無一人。

也就是說，沒有人的房間裡，竟傳出談話聲！

一出現這個想法，陳清再也無法淡定了。

想了想，她再次打電話給櫃檯，要求更換房間。

可惜對方告訴陳清，除了２０４號房以外，飯店所有的房間都已有人入住。陳清雖然覺得聽到鄰房的聲音心裡毛毛的，但更不想換到那間房，結果只得作罷。

「哎……眞討厭！」陳清乾脆用棉被罩住自己的頭，然而那些聲音卻依舊連綿不斷地傳過來。她開始考慮是否應該到２０２號房找安然、打算將就一夜之際，談話聲開始出現變化，音量顯得愈來愈大。

隨著談話聲變大，現在陳清已經可以分辨出那是小孩子的聲音。但最奇怪的是，明明談話音量都變大了，陳清依然聽不清他們到底在說什麼！

孩子們說話的每個音節很含糊，似乎不是國語，卻也不像是陳清所知的其他語言。

與此同時，陳清這才發現說話的人竟都屬於同一種嗓音。原來持續不斷的談話聲並非多人在對話，而是只有一個小孩子不停地絮絮叨叨訴說著什麼。

說話音量逐漸增強，讓陳清嚇得一動也不敢動的是，聲源竟然從床頭的牆壁緩緩轉移至她身旁。然後，陳清清晰感覺到枕頭旁的床墊，緩緩下陷了幾分……

就像有小孩子坐上睡床的邊緣，在她耳邊說話似地……

陳清甚至能夠感受到，身旁的東西所散發出來的刺骨寒意！

明明沒有調低空調的溫度，而且陳清還整個人躲進被窩裡，但她就是覺得愈來愈冷！

如果出現在身邊的是個活人，那麼陳清理應感受到溫暖的體溫才對。現在在她身旁散發著寒氣的到底是什麼東西，實在不言而喻了。

陳清嚇得渾身顫抖，她不敢往外看，只能用棉被蒙住自己，拚命往床的另一邊縮去。

偏偏對方好像打定主意要賴著她般，陳清才剛拉遠了一點雙方的距離，對方竟然也隨著她的動作，緩緩朝她挪動的方向移過來！

不停說話的聲音終於如陳清所願停了下來。然而她卻一點也不高興，因爲取而代之的，是有人在棉被上緩慢移動時，身體與棉被摩擦的聲音。

沙沙

沙沙

沙沙……

漆黑而寂靜的房間裡，只有陳清因緊張而變得急促的呼吸聲，以及棉被被摩擦的沙沙聲。感到對方與自己的距離逐漸縮短，陳清在心裡不停掙扎著，到底該繼續躲在被窩裡，還是鼓起勇氣奪門而出？

那東西就在她的身旁，要是衝出房間，勢必要與其面對面。

可是若不逃走，那東西卻會離她愈來愈近……

陳清只覺得心亂如麻，理智告訴她躲下去無法解決問題。可是人就是這樣，要是能夠逃避，誰也不願意正視危險，哪怕能夠多逃避一秒也好，就是不希望去面對可怕的現實。

「南無阿彌陀佛、南無阿彌陀佛、南無阿彌陀佛……」

沒有宗教信仰的陳清，在被窩裡翻來覆去，也只會唸著這一句。然而這句經文根本沒有任何效果，她依舊感覺到身旁的東西逐漸靠近。

還是，鼓起勇氣逃出去吧！

難得心裡終於做出決定，可惜陳清的覺悟來得太遲，一隻冷冰冰、小小的手，從旁伸進棉被裡，並緩緩摸上她的手臂……

尖叫一聲，陳清甩開蒙住自己的棉被，以生平最快的速度衝出房間！

衝出房間的陳清，立即拍打旁邊安然所住的房門：「安然，快開門！安然！」

然而安然毫無反應，陳清幾乎要喊破喉嚨，對方房內依然沒動靜。

陳清是絕對不會回去２０３號房了，但安然又不知為何聽不到她的呼喊。不只安然，陳清發現自己弄出那麼大的聲響，這一層的房客竟然沒有一人探頭出來察看，這絕對不尋常！

滿心驚恐與疑惑的陳清，這才發現自己身前的房門上，清楚寫著：２０４。

陳清嚇得驚叫出聲。

怎麼可能？我衝出房後立即往右邊的房間跑，這裡應該是安然住的２０２號房才對，怎麼會變成２０４號!?

驚疑不定的陳清連忙看看四周，竟發現所有房門上都寫著２０３與２０４，而其他的房間卻全都不見。

看著空無一人、只有２０３與２０４號房的走廊，已嚇得六神無主的陳清實在不想繼續待在這裡了。

既然不想待在走廊、更不想回房間，那飯店大廳便成了陳清此刻最佳的選擇。雖然大廳只有幾張供客人休息的沙發，但她寧可在大廳待上一夜。至少在大廳一定有櫃檯服務生陪伴，不用獨自擔驚受怕。

一想到這裡，陳清連忙朝電梯的位置奔去。只是無論她跑了多久，走廊兩旁的房號仍舊顯示爲２０３與２０４號房，彷彿永遠跑不到盡頭。

這代表並非房間號碼牌被換了，而是２０３與２０４號房在這裡不停循環著！

陳清直到再也跑不動了，才喘吁吁地扶著牆壁停下來。

無論跑了多久，眼中所見都是一成不變的景色，就像來到一個特殊的空間，怎樣也無法逃離。

如果說先前的恐懼是來自於房內鬼魂、來自於人類對於不熟悉事物的畏懼，那麼現在，就是有了切身的危機感。

陳清開始胡思亂想。

要是永遠困在這裡怎麼辦？難道我要一直待在這裡，一輩子無法逃出去嗎？早知如此，一開始就不要離開房間了！

無法離開這裡到達大廳，繼續留在走廊也不是辦法。陳清看著不停循環的203與204號門牌，思索著是否該回到房間裡。

說不定，進入房間後再出來，一切便會恢復正常了呢！

又或者靜心等待天明，天一亮便能夠離開。不是說鬼魂都怕陽光嗎，總不會眞的困住她一輩子吧？

但……萬一對方眞的能把她一直困下去呢？

想到這裡，陳清心裡的恐慌再也止不住，她不能坐以待斃。

陳清決定找到罪魁禍首——那個聲音的來源！

揉了揉因爲奔跑而疲憊不堪的雙腿，就在陳清扶著牆壁休息之際，她聽到那令自己煩擾與驚懼的說話聲再次響起。

倚在牆壁揉著小腿肚的陳清，動作頓時停了下來。她忍著懼意把耳朵貼在牆壁上，試圖尋找這聲音到底是從203還是204號房傳來的。

可惜陳清無論怎樣用心分辨，始終無法確定聲音來源到底來自左還是右。聽著聽著，陳清甚至還有種對方其實是在牆壁內說話的錯覺。

這個想法一浮現，便在心裡紮了根，陳清愈想愈覺得自己想法沒錯。

陳清連忙離開牆壁，改爲探頭察看依然房門大開的２０３號房，再把耳朵貼在一開始以爲是聲音來源的２０４號房門上聆聽，這才確定兩間房裡果然沒有傳出任何聲音！

那說話的聲音……眞的是從牆壁內部發出來的!?

有了這個突破性的發現後，原本因爲上面多了扇小門而有點奇怪、但除此以外很普通的牆壁，看在陳清眼中突然變得詭異起來。

陳清不禁退後幾步，拉開與牆壁的距離。隨即她更想起先前與安然經過這個位置時，安然曾說過看見一個黑影閃過。

陳清的視線緩緩向下移，把注意力投放在那道與牆壁相同顏色、不仔細注意還看不出來的小門。原本在牆壁上出現一扇小門已經很奇怪，而這小門打開後，裡面卻只是一堵塗成鮮紅色的牆壁，那就更加怪異了。

當時的陳清只是對此感到好奇，甚至還開玩笑說裡面該不會藏著寶藏。但現在看著這扇小門，陳清只覺一陣毛骨悚然。

該不會她之所以遇上這種事，就是因爲自己曾經手賤，好奇之下把這道小門打開的關係吧？

想到這個可能性，陳清後悔得無以復加。

就在此時，喃喃自語的說話聲停了下來。在寂靜的走廊中，陳清清楚聽到小門內傳出敲門三下的聲響！

這個節奏，正是陳清向來敲門時慣用的，同時也是陳清在打開這扇小門時，在鮮紅牆壁上敲的節奏！

對方模仿她敲牆壁的聲音是在回應她？還是恐嚇她？

無論如何，這三聲敲門聲足以嚇死陳清，並確定這扇小門內的確有著不尋常。

面對著也許是各種怪事根源的小門，陳清雖然內心狂跳、手一直打顫著，但她仍咬著牙，堅定地把小門打了開來。

她想要從這扇門裡，尋找脫離困境的方法。

在陳清打開小門的瞬間，卻見原本在門後的那堵鮮紅牆壁消失了，取而代之是一個漆黑的洞穴。

陳清還來不及做出反應，一雙蒼白而冰冷的小手，突然從洞穴伸出，緊緊抓住她的手腕！

明明是小孩子的手，可是那雙手卻意外地有力，陳清費了很大的勁，才把抓住自己的雙手甩了開來。

重獲自由的陳清立即跑回門戶大開的２０３號房裡，並且「砰」地用力將房門關上。

再一次回到床上的陳清，用棉被蒙住頭。

雖然這房間也曾出現過奇怪的事情，可是外面那走不到盡頭的走廊卻更加恐怖。既然無法脫離，那她寧可選擇躲在被窩裡，眼不見為淨！

結果不知道是那鬼魂玩夠了還是什麼的，總而言之，當對方把陳清恐嚇了一頓、充分宣示自身的存在後，便不再出現了。

起先猶如驚弓之鳥的陳清，在被窩裡把神經繃得緊緊的，任何風吹草動都會立即引起她的警覺；然而隨著時間流逝，陳清卻不由自主地放鬆戒備。人不可能長時間繃緊精神，總會有個極限，陳清當然也不例外。

長時間緊繃的精神開始疲憊，加上未再出現異常狀況，陳清開始放鬆心情後，睡意更是洶湧而至。

原本陳清已打算通宵不睡、在被窩保持清醒至天亮，結果卻不知不覺睡著了。

當陳清被飯店的晨喚服務叫醒時，才發現天已經亮了。

打了個呵欠，待神智稍微清醒後，她立即想起昨夜的恐怖經歷！

只見陳清馬上打開房門，想確定走廊是否已恢復正常，卻因動作太急，房門差點打到一名經過她房外的旅客。

「抱歉。」在對方奇怪的注目下，還穿著睡衣、頭髮凌亂的陳清，不好意思地向差點被她撞到的旅客道了歉，尷尬地退回房裡。

回到房內後，陳清想著剛才沒有異狀的走廊，迷惑地抓抓睡得亂糟糟的頭髮。

難道昨晚的事情，只是她的夢境嗎？

想要確認到底自己是否眞的遇鬼、還是只是作了惡夢的陳清，以最快的速度梳洗完畢後，立即來到與安然他們約好的餐廳。

看到陳清萎靡不振的模樣，安然問道：「清姊，妳昨晚睡不好嗎？看起來很沒精神。」

聽到安然的詢問，陳清挑挑眉：「你還好意思說我，先照鏡子看看自己的樣子吧！等等，難道昨晚王家恆眞的出現在房間嗎？」

「唉，他沒有出現，不過也差不多了……」安然嘆息著坐下，邊吃著早餐，邊敘述昨晚的夢境。

聽完安然昨晚的夢境後，陳清正想要詢問鄰房的安然有沒有聽到自己呼救的聲音時，卻接到趙天宇的電話，要求他們到工廠走一趟，說要提供獨家爆料。

雖然對趙天宇這種摻和進來的方式很不滿，可是陳清也不會因爲嘔氣而與自己過不去，把功勞拱手讓人。

在心裡怒罵趙天宇的同時，陳清邊吃著桌上的早餐，仍不忘詢問安然：「安然你昨晚有聽到什麼聲音嗎？覺不覺得有點吵？」

安然搖搖頭：「有嗎？也許我睡得太死吧，沒有聽見什麼聲音。」

聽到安然的話，陳清心想也許昨晚只是作了場惡夢，不然她在走廊上大吵大鬧，安然不可能什麼也聽不見……吧？

這麼一想，陳清立即覺得全身輕鬆起來。雖然事情也不是沒有其他可能，但也許是下意識想將昨天的恐怖經歷歸爲單純的夢境，因此這些矛盾便被陳清忽視了。

雖然陳清覺得昨晚的一切只是夢，但離開飯店時，還是向櫃檯的職員要求換房間。

對方並沒有多問原因，只是禮貌地告知今天正好有兩個旅行團退房，下午回來便可以更換到另一間房。

聽到對方的回答，陳清總算鬆了口氣。即使告訴自己只是場惡夢，但晚上還要繼續在那間房睡覺的話，總覺得心裡毛毛的。

成功換房一事，令陳清被趙天宇破壞的好心情稍稍恢復過來。當陳清坐進昆西駕駛的汽車時，卻聽到安然「咦」了聲：「清姊，妳什麼時候弄傷的？痛嗎？」

陳清莫名其妙地順著安然的視線看過去，當她弄清楚安然到底在說什麼時，只覺渾身的毛孔都豎起來。明明汽車的空調才剛發動，車內的溫度還很炎熱，但陳清卻是全身陣陣發涼！

陳清的手腕上有著一圈瘀青，而這瘀青還勉強看得出是手指的形狀！

雖然這紫青的顏色看起來頗嚇人，但其實只是積聚起來未化開的瘀血，只要不碰到，陳清根本感覺不到痛楚。

正因如此，今早匆匆忙忙梳洗出門，並且在吃早餐時因爲空調而一直穿著長袖外套的陳清，並沒有注意到自己的手腕上竟有這一圈瘀痕。

陳清想到在昨晚的「夢境」中，當她打開那扇小門後，裡面伸出一雙小孩子的手，把她的手腕緊緊抓個正著！

難道……那些恐怖的經歷，並不是夢嗎？

見陳清的臉色變得發白，安然擔憂地詢問：「清姊，妳怎麼了？難道是手腕很痛嗎？昆西，車上有沒有化瘀藥膏？」

未待昆西回答，陳清說道：「昆西，不用了，這傷看起來嚴重，其實並不怎麼痛，倒是有些事情想要問你。昨天路過飯店走廊時，我發現與鄰房之間的牆壁上有一扇小門，打開後，門後是一堵紅色的牆壁，你知道那是什麼嗎？」

陳清與昆西早已認識，知道對方是個見多識廣、遊歷過很多地方的傭兵，她相信昆西能夠解開自己心裡的疑惑。

雖然飯店已經接受陳清的換房要求，可是昨天被嚇得那麼慘，她實在很想知道那扇小門到底是什麼東西！

安然聞言，不禁一臉黑線地說道：「清姊，妳還記掛著那扇小門啊？我就說裡面不會有寶藏啦！」

「寶藏？」聽到陳清的奇思妙想，昆西忍不住失笑地搖了搖頭，道：「清清妳說的小門，我聽說過類似的東西，可是存放在小門後的，絕對不是寶藏這麼美好的事物。」

從後照鏡中，昆西看到安然與陳清皆露出好奇萬分的神情，便不再賣關子，解釋道：「我在緬甸工作時，曾經看過很像妳敘述的東西。有些地方會把一些經過施法與加工的胎兒或嬰兒屍體的骨灰埋在牆壁裡。聽說這樣做，那些小鬼能夠爲那地方引來客源，達到招財的效果。」

二人聞言感到一陣噁心，安然問：「這樣子……不犯法嗎？」

昆西聳聳肩：「都是些沒有名字、沒人要的孩子屍體，誰會在意？沒有人報案，自然也不會有人被捕。何況真要抓，也只是非法處理屍體的罪名，不會被判重刑。」

安然續問：「可是，我聽說養小鬼要拿糖果與玩具供奉，但飯店的小門前卻沒看到這些東西啊！」

昆西聳了聳肩，打趣著說道：「誰知道呢，反正我只是聽著清清的形容覺得像而已，說不定那扇小門裡真的埋有寶藏，才沒有孩子的屍體呢！」

安然笑了笑，便沒有繼續追問下去。他也只是好奇，並不是真的要尋根究柢地追查真相。

只有陳清知道，昆西的猜測應該沒有錯。那扇門、那面鮮紅色的牆壁裡，深埋著一個小小的孩子。

她至今依然記得那雙灰白的小手，緊緊抓住自己時的觸感。

疼痛、冰冷、沒有絲毫溫度……

是不是因為她打開了那扇小門，所以喚醒了裡面的孩子？

是不是因為她敲響了那面鮮紅牆壁，所以引起祂的注意？

陳清也許永遠都不會知道答案。

但她一定忘不掉這次的恐怖經歷，那喃喃自語的說話聲、床墊詭異的凹陷、走不到盡頭的走廊、從小門後伸出的那雙手……

還有，下次入住其他飯店時，如果再次在牆壁上看見奇怪的小門，她必定會銘記在心。

謹記著，千萬不要打開奇怪的門。

〈牆壁上的小門〉完

後記

大家好！

不知不覺間，《異眼房東的日常生活》這本小說，已經來到第五集啦！

如無意外，大家在看這篇後記時，天氣應該已經很寒冷了。不過我在寫這篇後記的時候，天氣還是滿炎熱的啊……明明已經十一月了，也過了冬至，但依然穿著短袖的衣物呢！

說到炎熱，實在不得不說，這一集的封面充滿冬日氣息啊！而且終於有女孩子上封面了，還是書裡最可愛的欣宜！充滿聖誕氣氛的背景也好可愛，令我不由得期待聖誕節快些來臨呢！

接下來說的話會有點劇透，還未看故事的朋友們，請先看過正文再看後記喔！

香草

故事來到第五集，安然的身世已經明朗化。

然而弄清楚林昕與林昱姊弟的身世後，舊有謎團解開了，卻又出現新的謎團。

到底那間療養院裡，埋藏著怎樣的祕密？林昱又爲什麼會自殺身亡？

敬請大家耐心等待答案揭曉囉XD

另外，在這一集中，我們的女主角欣宜終於大放異彩啦！（所以說，這本小說是有女主角的！）

獲悉安然擁有陰陽眼的小祕密、同時也被女鬼附身的欣宜，在完全放下對林俊的執著後，終於認清楚自己眞正的感情。

更因爲在這一集的共度患難，萌生出一段新的感情呢！實在是可喜可賀！

寫這篇後記時，我剛從柬埔寨回到香港不久。柬埔寨位處熱帶地區，現在正値當地的雨季。雖說氣溫相對來說比較清涼，但也有三十多度。對於香港人來說，已算是頗熱的溫度了。

改革開放、再加上有被列入世界文化遺產的古蹟，近幾年到柬埔寨旅行的人多了起來。

那些經歷了時間與戰亂的古蹟，也許對很多人來說只是一堆破爛的石頭，但我卻很喜歡這種破舊的美感。

每次到達一些遭受戰亂摧殘的地方，便會覺得出生在香港這個既沒有地震等自然災害、也沒有戰爭等人禍的地方，實在是一件很幸福的事情。

除了欣賞古蹟，我也到過柬埔寨規模最小、「只」埋葬了二萬多人的萬人塚；亦參觀了當年用酷刑殘害「罪犯」的S-21集中營。（在赤柬統治時期，學者、教師、醫生、僧侶等都是須處決的國家罪犯。）

小時候一直在新聞上聽著「紅色高棉」、「赤柬」這些詞語，可是直至踏足柬埔寨這個國家，我才真正了解受到「赤柬」統治到底是怎樣一回事。在赤柬的統治下，柬埔寨死了三百多萬人，足足佔了全國人口的一半！

現在的柬埔寨雖然貧窮，但那裡的人民卻已逐漸走出傷痛，充滿活力與希望。期待他們能夠走出戰亂的陰霾，也祝願世界和平，永遠不要再有戰爭了！

異眼房東の日常生活

【下集預告】

新年期間，安然藉著拜年，
來到了位於北京的林家老宅認祖歸宗，
卻發現一股不祥的陰霾，正籠罩著這古老大宅。

當年的真相被揭露，
而凶手，則躲藏在黑暗中伺機而動……

完結篇〈京城古宅〉即將推出，敬請期待～

異眼房東の日常生活

香草作品集

輕懸疑靈異×更多詼諧吐槽

管他是冷酷硬漢健身狂，還是傲嬌無敵高富帥，
異眼房東急募見鬼隊隊友！

安然只是個20歲小會計，
父親車禍身亡後，卻意外獲得「超能力」？只不過，害怕靈異現象的他完全不想要這種見鬼雷達，爲了有人作伴，
安然決定火速分租房間當房東……

沒想到上門的兄弟組房客根本奇葩等級，
林家二哥孔武有力，職業成謎，令安然直呼「高手」；林家小弟則是離家出走中的大學生一枚，屬性絕對是「傲嬌」！

個性迥異的室友三人，來自靈界的驚險挑戰，精彩有趣、吐槽連連的同居生活，
將擦出什麼熱烈火花！？

異眼房東的日常生活（陸續出版）

脫掉裙子、剪去長髮，誰說公主不能大冒險！
心跳100%，詭異夥伴相隨的刺激旅程！

十二歲離開皇宮的俏皮公主，
五年後，遇上了人生的轉捩點！
人家是麻雀變鳳凰，
西維亞卻是──「公主」變「傭兵」！！！

一連串恐怖陰謀與噩耗的重擊下，
西維亞公主一肩扛起天上掉下來的任務：「解救皇室危機」

在淚眼朦朧卻有一副好毒舌的侍女「歡送」下，聚集超級天然呆魔法師、知性腹黑與爽朗隨性的青梅竹馬騎士長，西維亞正式展開以守護國家爲名的嶄新冒險。

傭兵公主（全六冊，番外一冊）

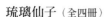

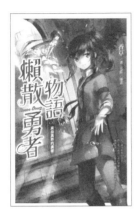

國家圖書館出版品預行編目資料

異眼房東的日常生活／香草 著.——初版.——台北市：魔豆文化出版：蓋亞文化發行，2015.12
冊； 公分.
ISBN 978-986-5987-79-4（第5冊；平裝）

857.7 104024756

fresh
FS099

異眼房東の日常生活 05 聖誕驚魂

作者／香草
插畫／水梨 封面設計／克里斯
出版社／魔豆文化有限公司
地址◎ 台北市103赤峰街41巷7號1樓
電話◎（02）25585438 傳眞◎（02）25585439
部落格◎ gaeabooks.pixnet.net/blog
臉書◎ www.facebook.com/Gaeabooks
電子信箱◎ gaea@gaeabooks.com.tw
投稿信箱◎ editor@gaeabooks.com.tw
郵撥帳號◎ 19769541 戶名：蓋亞文化有限公司
發行／蓋亞文化有限公司
法律顧問／義正國際法律事務所
總經銷／聯合發行股份有限公司
地址◎ 新北市新店區寶橋路二三五巷六弄六號二樓
電話◎（02）29178022 傳眞◎（02）29156275
港澳地區／一代匯集
地址◎ 九龍旺角塘尾道64號龍駒企業大廈10樓B&D室
電話◎（852）2783-8102 傳眞◎（852）2396-0050
初版一刷／2015年12月
定價／新台幣 180 元
Printed in Taiwan

ISBN／978-986-5987-79-4

FS099

異眼房東の日常生活

05 聖誕驚魂

魔豆文化　讀者迴響

感謝您在茫茫書海中選擇了魔豆，您的支持是我們最大的動力。
不要缺席喔，讓我們一起乘著夢想的羽翼，穿越時空遨遊天地！

姓名：　　性別：□男□女　　出生日期：　年　月　日	
聯絡電話：　　手機：	
學歷：□小學□國中□高中□大學□研究所　　職業：	
E-mail：　　（請正確填寫）	
通訊地址：□□□	
本書購自：　　縣市　　書店　□網路書店	
何處得知本書消息：□逛書店 □親友推薦 □DM廣告 □網路 □雜誌報導	
是否購買過魔豆其他書籍：□是，書名：　　□否，首次購買	
購買本書的動機是：□封面很吸引人□書名取得很讚□喜歡作者□價格便宜□其他	
是否參加過魔豆所舉辦的活動：□有，參加過　　場　□無，因為	
喜歡出版社製作什麼樣的贈品：□書卡□文具用品□衣服□作者簽名□海報□無所謂□其他：	
您對本書的意見：◎內容／□滿意□尚可□待改進　◎編輯／□滿意□尚可□待改進　◎封面設計／□滿意□尚可□待改進　◎定價／□滿意□尚可□待改進	
推薦好友，讓他們一起分享出版訊息，享有購書優惠　1.姓名：　e-mail：　2.姓名：　e-mail：	
其他建議：	

◎請沿虛線剪開、對摺、裝訂後寄出

◎請沿虛線剪開、對摺、裝訂後寄出

廣告回信　郵資免付
台北郵局登記證
台北廣字第675號

魔豆文化有限公司　收

103 台北市赤峰街41巷7號1樓

魔豆

魔豆